Bianca

EL REGALO DEL MILLONARIO

Sharon Kendrick

HARLEQUIN™

Editado por Harlequin Ibérica.
Una división de HarperCollins Ibérica, S.A.
Núñez de Balboa, 56
28001 Madrid

© 2017 Sharon Kendrick
© 2018 Harlequin Ibérica, una división de HarperCollins Ibérica, S.A.
El regalo del millonario, n.º 2660 - 14.11.18
Título original: The Italian's Christmas Secret
Publicada originalmente por Harlequin Enterprises, Ltd.

I.S.B.N.: 978-84-9188-984-7
Depósito legal: M-30298-2018
Impresión en CPI (Barcelona)
Fecha impresion para Argentina: 13.5.19
Distribuidor exclusivo para España: LOGISTA
Distribuidor para México: Distibuidora Intermex, S.A. de C.V.
Distribuidores para Argentina: Interior, DGP, S.A. Alvarado 2118.
Cap. Fed./Buenos Aires y Gran Buenos Aires, VACCARO HNOS.

Capítulo 1

SEÑOR Valenti?
La suave voz de la mujer se filtró en los pensamientos de Matteo, quien no hizo ningún esfuerzo por disimular su irritación al reclinarse en el asiento de cuero de su lujoso coche. Había estado pensando en su padre. Preguntándose si tenía intención de cumplir la amenaza que le había lanzado justo antes de que Matteo dejara Roma. Y en caso de que así fuera, si podría o no evitarlo. Suspiró con fuerza y se obligó a sí mismo a aceptar que los lazos de sangre eran los más profundos. Sin duda no habría aceptado algo así de alguien que no fuera pariente suyo, pero la familia era muy difícil de dejar. Sintió que se le encogía el corazón. A menos, por supuesto, que fuera la familia quien le dejara a uno.

—¿Señor Valenti? —repitió la suave voz.

Matteo chasqueó la lengua con irritación y no solo porque odiaba que la gente le hablara cuando estaba claro que no quería que lo molestaran. Tenía más que ver con el hecho de que aquel maldito viaje no había salido como esperaba. No había encontrado ni un solo hotel que quisiera comprar, pero lo peor era la mujer menuda que estaba tras el volante. Le irritaba profundamente.

—*Cos' hai detto?* —inquirió. Pero el silencio que siguió le recordó que la mujer no hablaba italiano y que él estaba muy lejos de casa. En medio de la infernal campiña inglesa, para ser exactos, y con una mujer chófer.

Frunció el ceño. Tener una choferesa era una novedad para él. La primera vez que vio su complexión esbelta y los asombrados ojos azules, Matteo sintió la tentación de pedir que la reemplazaran por un hombre más robusto. Pero pensó que lo último que necesitaba era que lo acusaran de discriminación sexual. Expandió las fosas nasales de su aristocrática nariz y miró a los ojos a la choferesa a través del espejo retrovisor.

–¿Qué ha dicho? –le preguntó en su idioma.

La mujer se aclaró la garganta y alzó ligeramente los hombros. La ridícula gorra que insistía en llevar puesta sobre el pelo corto se mantuvo firmemente en su sitio.

–Digo que parece que el tiempo ha empeorado.

Matteo giró la cabeza para mirar por la ventanilla, donde el anochecer se veía casi oscurecido por una virulenta espiral de copos de nieve. Estaba tan sumido en sus pensamientos que apenas había prestado atención al paisaje, pero ahora podía ver que estaba desdibujado por una neblina decolorada.

–Pero podremos continuar, ¿no? –preguntó torciendo el gesto.

–Eso espero.

–¿Eso espera? –repitió Matteo con un tono más duro–. ¿Qué clase de respuesta es esa? ¿Se da cuenta de que tengo un vuelo completamente equipado y listo para salir?

–Sí, señor Valenti. Pero es un jet privado y le esperará.

–Soy muy consciente de que se trata de un jet privado porque resulta que es mío –le espetó él con impaciencia–. Pero tengo que estar esta noche en una fiesta en Roma y no quiero llegar tarde.

Keira hizo un supremo esfuerzo por contener un suspiro y mantuvo la vista clavada en la carretera nevada. Tenía que actuar con calma porque Matteo Valenti era el cliente más importante que había tenido nunca, un hecho que su jefe le había repetido una y otra vez. Pasara lo que pasara no debía mostrar el nerviosismo que le había acompañado los últimos días... porque llevar a un cliente de aquel calibre era una experiencia completamente nueva para ella. Al ser la única mujer y uno de los conductores más noveles, normalmente le tocaban diferentes tipos de encargos: recoger paquetes urgentes o niños mimados del colegio para dejarlos en manos de sus niñeras en alguna de las exclusivas mansiones que rodeaban Londres. Pero incluso los clientes londinenses más ricos palidecían al lado de la fortuna de Matteo Valenti.

Su jefe había enfatizado el hecho de que era la primera vez que el multimillonario italiano utilizaba los servicios de su empresa y que era su deber asegurarse de que repitiera. A Keira le parecía estupendo que un magnate tan influyente hubiera decidido utilizar sus servicios, pero no era tonta. Estaba claro que solo se debía a que había decidido el viaje en el último momento, del mismo modo que le habían encargado el trabajo a ella porque ninguno de los demás chóferes estaba disponible con las vacaciones de Navidad tan cerca. Según su jefe, Matteo era un importante empresario hotelero que estaba buscando una zona de desarrollo en Inglaterra para expandir su creciente imperio. Hasta el momento había visitado Kent, Sussex y Dorset y habían dejado el destino más remoto para el final, Devon. Ella no lo habría organizado así, y menos con el tráfico pre vacacional tan intenso. Pero no la habían contratado para que le hiciera el plan, sino para llevarlo de un punto a otro sano y salvo.

Keira se quedó mirando el remolino salvaje de copos de nieve. Resultaba extraño. Trabajaba con hombres y para hombres y conocía la mayor parte de sus puntos débiles. Aprendió que para ser aceptada era mejor actuar como uno de ellos y no destacar. Aquella era la razón por la que llevaba el pelo corto, aunque no era el motivo por el que se lo cortó la primera vez. Por eso tampoco solía maquillarse ni llevar ropa que invitara a una segunda mirada. El aspecto masculino le iba bien, porque si los hombres se olvidaban de que una estaba allí tendían a relajarse... lamentablemente, aquella norma no se podía aplicar a Matteo Valenti. Nunca había conocido a nadie menos relajado.

Pero aquella no era la historia completa. Keira agarró con fuerza el volante, reacia a admitir la auténtica razón por la que se sentía tan cohibida en su presencia. Lo cierto era que la había deslumbrado en cuanto le conoció con aquel carisma tan potente como nunca había conocido. Resultaba perturbador, emocionante y aterrador, todo al mismo tiempo, y nunca antes le había pasado aquello de mirar a alguien a los ojos y escuchar un millón de violines en la cabeza. Miró los ojos más oscuros que había visto en su vida y sintió que podría ahogarse en ellos. Se encontró observando su denso pelo negro y preguntándose cómo sería acariciarlo con los dedos. Una vez descartado aquello le habría bastado con tener una relación laboral medio amistosa, pero aquello no iba a pasar. No con un hombre tan brusco, estrecho de miras y crítico.

Había visto su expresión cuando le asignaron el trabajo a ella, deslizando su negra mirada por Keira con una incredulidad que no se molestó en disimular. Tuvo incluso el valor de preguntarle si se sentía cómoda tras el volante de un coche tan potente. Ella le contestó con frialdad que sí, igual que se sentiría cómoda si tuviera que meterse debajo del capó y sacar el motor pieza a pieza llegado el caso. Y ahora Matteo la trataba sin disimular su irritación, como si ella tuviera poderes mágicos para controlar las condiciones meteorológicas.

Lanzó una mirada nerviosa al plomizo cielo y sintió otra punzada de ansiedad cuando se encontró con su mirada en el espejo retrovisor.

–¿Dónde estamos? –preguntó él.

Keira miró el navegador por satélite.

–Creo que en Dartmoor.

–¿Cree? –repitió él con sarcasmo.

Keira se humedeció los labios y se alegró de que Matteo estuviera ahora más preocupado por mirar por la ventanilla que en clavar la vista en ella. Se alegró de que no pudiera notar el repentino aceleramiento de su corazón.

–El navegador ha perdido la señal un par de veces.

–¿Y no se le ocurrió comentármelo?

Keira contuvo la respuesta instintiva que le surgió: que él no era precisamente un experto en la zona rural del suroeste, porque le había dicho que había estado pocas veces en Inglaterra.

–Estaba usted ocupado con una llamada de teléfono en ese momento y no quise interrumpir –dijo–. Y usted dijo...

–¿Qué dije?

Ella se encogió ligeramente de hombros.

–Mencionó que quería volver por la ruta panorámica.

Matteo frunció el ceño. ¿Él había dicho eso? Era cierto que se distrajo pensando en cómo se iba a enfrentar a su padre, pero no recordaba haber accedido a una visita guiada por una zona que ya había decidido que no era para él ni para sus hoteles. ¿No se habría limitado sencillamente a acceder a su vacilante propuesta de una ruta alternativa cuando ella le dijo que en las autopistas habría mucha circulación con la gente yendo a su casa por Navidad? En cualquier caso, tendría que haber tenido el sentido común y el conocimiento para anticipar que algo así podría pasar.

–Y esta tormenta de nieve parece haber surgido de la nada –concluyó la joven.

Matteo hizo un esfuerzo por controlar el mal humor y se dijo que no conseguiría nada tratándola mal. Sabía lo erráticas y emocionales que podían ser las mujeres, tanto en sus puestos de trabajo como fuera, y siempre había odiado los despliegues exagerados de emociones. Seguramente se echaría a llorar si la increpaba y a continuación tendría lugar alguna escena poco digna mientras ella se sonaba la nariz con un pañuelo de papel arrugado antes de mirarle con ojos de tragedia. Y las escenas eran algo que Matteo procuraba evitar a toda costa. Quería llevar una vida libre de estrés y de traumas. Una vida a su manera.

Pensó brevemente en Donatella esperándole en aquella fiesta a la que no iba a poder llegar. La decepción de sus ojos verdes cuando se diera cuenta de que varias semanas quedando no iban a terminar en la habitación de un hotel de Roma como tenían planeado. Frunció los labios. La había hecho esperar para tener relaciones sexuales con él y seguramente se sentiría frustrada. Bueno, pues tendría que esperar un poco más.

–¿Por qué no nos lleva hasta ahí de la manera más segura posible? –sugirió Matteo cerrando su maletín–. Si me pierdo la fiesta no será el fin del mundo... siempre y cuando llegue a casa de una pieza para Navidad. ¿Cree que será capaz de conseguirlo?

Keira asintió, pero por dentro le latía el corazón

más deprisa de lo deseable teniendo en cuenta que estaba sentada. Porque se daba cuenta de que estaban metidos en un lío. Un buen lío. Los limpiaparabrisas se movían a toda prisa, pero en cuanto quitaban una gruesa masa de copos blancos aparecían muchas más en su lugar. Nunca había sufrido una visibilidad tan mala y se preguntó por qué no se había arriesgado al atasco de tráfico y no había ido por la ruta más directa. Porque no había querido arriesgarse a sufrir la desaprobación que parecía tener siempre a flor de piel su multimillonario cliente. No se podía imaginar a alguien como Matteo Valenti parado en un atasco con niños haciéndole muecas desde el coche delantero con sus gorros de Papá Noel. Sinceramente, le sorprendió que no viajara en helicóptero hasta que él le dijo que se podían aprender muchas más cosas sobre la naturaleza de la tierra en coche.

Le había contado bastantes cosas. Que no le gustaba el café de las gasolineras y que prefería no comer que tomar algo «por debajo del estándar». Que prefería el silencio al interminable fluir de los villancicos de la radio del coche, aunque no protestó cuando ella cambió a una emisora de música clásica. Al mirar por el retrovisor vio que Matteo tenía los ojos cerrados y los labios entreabiertos. El corazón le latió de manera errática.

Keira disminuyó la marcha cuando pasaron por delante de una casita con una figura de Papá Noel en trineo encima de un cartel que anunciaba: *La Mejor Posada de Dartmoor*. El problema era que no estaba acostumbrada a hombres como Matteo Valenti, seguramente mucha gente no lo estaría. Había visto la reacción de la gente cuando salía de la limusina para mirar otro hotel cochambroso que estaba a la venta. Había visto cómo las miradas de las mujeres se veían atraídas de manera instintiva hacia su poderoso físico. Había visto cómo abrían mucho los ojos, como si les resultara difícil creer que un hombre pudiera ser tan perfecto con aquellas facciones aristocráticas, la firme mandíbula y los labios sensuales. Pero Keira había estado muy cerca de él varios días y se dio cuenta de que, aunque parecía perfecto en la superficie, por debajo de él subyacía una actitud taciturna que anunciaba peligro. Y a muchas mujeres les excitaba el peligro. Apretó el volante con más fuerza y se preguntó si aquel sería el secreto de su innegable carisma.

Pero aquel no era el momento para preocuparse por Matteo Valenti o para pensar en las vacaciones que se acercaban a toda prisa y que tanto miedo le daban. Era el momento de reconocer que la tormenta de nieve estaba empeorando por segundos y que estaba perdiendo el control del coche. Sentía cómo las ruedas se clavaban contra el peso de los montones acumulados cuando la carretera se inclinó ligeramente. Sintió cómo le sudaba la frente cuando el pesado vehículo empezó a perder fuerza y se dio cuenta de que si no se andaba con cuidado...

El coche se detuvo y a Keira se le pusieron los nudillos blancos cuando se dio cuenta de que no había luces a lo lejos delante de ellos. Ni detrás. Miró al espejo cuando apagó el motor y se forzó a encontrarse con la furiosa mirada negra clavada en ella desde el asiento de atrás.

—¿Qué pasa? —inquirió él. Su tono le provocó un escalofrío en la espina dorsal.

—Nos hemos parado —dijo Keira volviendo a girar la llave y rezando para que se movieran.

Pero el coche se quedó donde estaban.

—Eso ya lo veo —le espetó él—. La pregunta es: ¿por qué nos hemos parado?

Keira tragó saliva. Matteo tendría que saber la razón. ¿Quería que la dijera en voz alta para poder echarle más culpa?

—El coche es muy pesado y la nieve es más densa de lo que pensé. Estamos en una colina, y...

—¿Y?

«Enfréntate a los hechos», se dijo con firmeza. «Sabes cómo hacerlo. Es una situación difícil, pero no es el fin del mundo». Giró la llave e intentó avanzar, pero a pesar de sus silenciosas plegarias, el coche se negó a moverse. Keira deslizó las manos por el volante y se giró.

—Estamos parados —admitió.

Matteo asintió y se contuvo para no soltar la exclamación furiosa que tenía en la punta de la lengua porque se jactaba de ser bueno en las emergencias. Dios sabía que había pasado por suficientes a lo largo de los años como para convertirse en un experto en el manejo de las crisis. Aquel no era el momento de preguntarse por qué no había seguido su instinto y exigido un conductor varón que supiera lo que hacía en lugar de una jovencita sin fuerzas para llevar una bicicleta, así que mucho menos un coche de aquella envergadura. Las recriminaciones llegarían más tarde, y llegarían, pensó. Pero antes y más importante, tenían que salir de allí. Y para eso necesitaba conservar la calma.

—¿Dónde estamos exactamente? —preguntó con voz pausada, como si le estuviera hablando a un niño pequeño.

La mujer giró la cabeza para mirar durante unos segundos al navegador antes de volverse otra vez hacia él.

—La señal ha vuelto a perderse. Estamos en los límites de Dartmoor.

–¿Cerca de la civilización?

–Ese es el problema. No. Estamos a kilómetros de cualquier parte –Matteo vio cómo se mordía el labio inferior con tanta fuerza que parecía que se iba a hacer sangre–. Y no hay conexión Wifi –concluyó.

Matteo sintió ganas de darle un puñetazo a la ventanilla cubierta de nieve, pero se contuvo y respiró hondo. Tenía que controlarse.

–Muévete –dijo con aspereza quitándose el cinturón de seguridad.

Ella parpadeó y le miró con aquellos ojos tan grandes.

–¿A dónde?

–Al asiento del copiloto –le espetó él abriendo la puerta del coche para enfrentarse al torbellino de copos de nieve–. Yo me encargo.

Cuando volvió a entrar en el coche estaba cubierto de hielo, y al cerrar de un portazo le vino a la cabeza la extraña sensación de lo deliciosamente cálido que estaba el asiento tras tener el trasero de ella encima.

Furioso por dejar que le distrajera algo tan básico e inapropiado en un momento así, Matteo extendió la mano hacia la llave del coche.

–Sabes que no tienes que pisar muy fuerte el acelerador, ¿verdad? –dijo ella nerviosa–. Si no las ruedas empezarán a dar vueltas.

–No creo que necesite clases de conducir de alguien tan incompetente como tú –respondió Matteo.

Encendió el motor y trató de moverse hacia delante. Nada. Lo intentó hasta que se vio obligado a rendirse a lo inevitable, algo que en el fondo sabía desde el principio. Estaban atrapados y el coche no se movía. Se giró hacia la mujer que estaba a su lado y que le miraba nerviosamente.

–Muy bien. Bravo –dijo con una rabia que ya no

era capaz de contener–. Te las has arreglado para que nos quedemos varados en uno de los lugares más inhóspitos del país en una de las peores noches del año, justo antes de Navidad. ¡Es todo un logro!

–Lo siento mucho.

–Sentirlo no va a ayudar.

–Seguramente me despedirán –murmuró Keira.

–Si está en mi mano, no lo dudes... eso si no te mueres congelada antes –le espetó él–. Para empezar, yo nunca te habría contratado. Pero las consecuencias en tu carrera profesional son lo último que tengo en mente ahora mismo. Tenemos que pensar qué vamos a hacer ahora.

Keira metió la mano en la guantera para sacar el móvil, pero compuso una mueca al ver la pantalla.

–No hay señal –dijo alzando la mirada.

–¿En serio? –preguntó Matteo con sarcasmo mirando por la ventanilla. Los copos de nieve no daban señales de abatimiento–. Supongo que no hay ningún pueblo cercano, ¿verdad?

Ella sacudió la cabeza.

–No. Bueno, acabamos de pasar una pequeña posada hace un momento. Ya sabes, uno de esos hostales pequeños que te ofrecen cama y desayuno.

–Estoy en el mercado hotelero –respondió él con sequedad–. Sé perfectamente lo que es una posada. ¿Estaba muy lejos?

Keira se encogió de hombros.

–A poco menos de dos kilómetros, creo. Pero no será fácil llegar con estas condiciones.

Matteo miró hacia el manto blanco que había al otro lado de la ventanilla y le dio un vuelco el corazón al darse cuenta del auténtico peligro de la situación. Porque ya no se trataba de perder el vuelo o de la decepción de una mujer que quería convertirse en su amante; aquello era una cuestión de supervivencia. Salir con aquellas condiciones sería peligroso, y la alternativa era quedarse a pasar la noche en el coche y esperar a que llegara la ayuda al día siguiente. Seguramente habría mantas en el maletero y dejarían la calefacción puesta. Pero si seguía nevando así no había ninguna garantía de que alguien los encontrara por la mañana.

Matteo deslizó la mirada por su uniforme de pantalones azul marino y fina chaqueta a juego con la gorra. La tela se curvaba sobre los senos y en los muslos, y desde luego no se le podía considerar práctica, al menos con aquel tiempo. Suspiró.

—Supongo que no tienes ropa de más abrigo, ¿verdad?

—Llevo un anorak en el maletero –la joven se quitó la gorra y se pasó la mano por el corto cabello oscuro. Matteo se sintió inexplicablemente irritado por la leve sonrisa que le iluminó el rostro.

¿Esperaba una alabanza por haber tenido la precaución de guardar un anorak?, se preguntó molesto.

—Bájate y póntelo –le espetó–. Y salgamos de aquí ahora mismo.

Capítulo 2

KEIRA tuvo que esforzarse para seguirle el paso a Matteo mientras se abría camino a través de la nieve profunda, porque su poderoso cuerpo se movía mucho más deprisa que el suyo a pesar de que había insistido en cargar con la maleta. Copos gruesos y helados se le metían en los ojos y en la boca, y se preguntó si no se estaría imaginando la pequeña casa iluminada en la distancia, como si fuera una extraña versión invernal de un oasis.

A pesar de que se había puesto los gruesos guantes de piel que Matteo había insistido en prestarle, sentía los dedos como témpanos. Soltó un pequeño grito de alivio cuando por fin llegaron a la casita. Matteo apartó una pila de nieve de la puerta de madera de la casa y la abrió. Keira temblaba de frío cuando siguieron el caminito hasta llegar a la entrada de la casa. Matteo llamó al timbre de la puerta.

Se escuchó ruido dentro de la casa y una mujer robusta de mediana edad con un delantal de flores cubierto de harina les abrió.

–Dios mío, no habéis venido a cantar villancicos, ¿verdad? –preguntó abriendo más la puerta y escudriñando la oscuridad.

–No –respondió él con brevedad–. Me temo que nuestro coche se ha quedado parado en la nieve.

–¡Oh, pobrecitos! Vaya una noche para estar fuera. ¡Pasad, pasad!

Keira sintió que se le llenaban los ojos de lágrimas de gratitud cuando Matteo le puso la palma de la mano en la espalda y la guio hacia el iluminado vestíbulo. Durante el interminable camino hacia allí estaba convencida de que no iban a conseguirlo, y que sus dos cuerpos congelados serían descubiertos al día siguiente o al otro. Y no pudo evitar preguntarse si a alguien le importaría realmente que muriese.

Pero ahora estaban en un pequeño vestíbulo adornado con bolas y espumillón por todas partes. En la esquina había un árbol de Navidad con luces y una rama de muérdago colgaba de una lámpara central.

—Oh, Dios mío —murmuró mirando al suelo, en el que se estaban empezando a formar charcos de agua—. Le estamos destrozando el suelo.

—No te preocupes por eso, querida —dijo la mujer con tono cálido—. Aquí entra y sale gente todo el rato. Enseguida se secará.

—Nos gustaría usar su teléfono si no le importa —dijo Matteo—. Necesitamos salir de aquí lo más rápidamente posible, y me gustaría organizarlo cuanto antes.

La mujer le miró, asintió con la cabeza y le dirigió una sonrisa.

—Creo que eso no va a ser posible, querido. Esta noche no conseguirás que venga nadie a rescataros. Es imposible que ningún vehículo circule con estas condiciones.

Aquella era la confirmación de sus peores miedos, y Matteo no tenía más remedio que aceptar los hechos. Estaba atrapado en medio de la nada con su incompetente conductora. Una conductora con unos ojos que de pronto le parecían muy oscuros en su piel pálida. Frunció el ceño.

De todas las mujeres del mundo, ¿por qué tenía

que verse atrapado con alguien como ella? Sus pensamientos se dirigieron una vez más a la elegante fiesta que se estaba perdiendo, pero los desechó, aspiró con fuerza el aire y se forzó a decir lo inimaginable:

—Entonces parece que vamos a tener que quedarnos aquí. Alquila habitaciones, ¿verdad?

La mujer sonrió todavía más.

—¿En diciembre? ¡Me temo que no! Tengo todas las habitaciones ocupadas. Me va muy bien durante todo el año, pero especialmente en esta época —añadió con orgullo—. A la gente le encanta pasar unas Navidades románticas en Dartmoor.

—Pero necesitamos algún sitio para quedarnos —intervino Keira de pronto—. Solo hasta mañana. Con suerte para entonces habrá dejado de nevar y podremos seguir nuestro camino.

La mujer asintió, deslizó la mirada por las pálidas mejillas de Keira, le tomó el anorak que tenía en las manos y lo colgó en el perchero.

—Bueno, no voy a dejaros en la calle en una noche como esta, ¿verdad? Y menos en esta época del año... seguro que encontramos sitio para vosotros en la posada. Puedo alojaros en la antigua habitación de mi hija, que está al fondo de la casa. Es el único espacio que me queda disponible.

Keira estaba paralizada cuando los llevaron por unas escaleras de caracol al fondo de la casa, y siguió igual cuando la mujer, cuyo nombre era Mary, abrió la puerta con una reverencia.

—Aquí estaréis cómodos —dijo—. El baño está siguiendo el pasillo, pero no queda mucha agua. Si queréis daros un baño tendréis que compartir. Voy a ir a poner la tetera al fuego abajo. Sentíos en vuestra casa.

Mary cerró la puerta al salir y a Keira se le aceleró el corazón al darse cuenta de que estaba a solas en aquel espacio claustrofóbico con Matteo Valenti. «¿Sentíos en vuestra casa?». ¿Cómo diablos iban a estar cómodos en una habitación tan pequeña y con una sola cama?

Keira se estremeció.

—¿Por qué no le dijiste que no queríamos compartir cuarto?

Él le lanzó una mirada impaciente.

—Somos dos personas y solo tiene una habitación. Haz números. ¿Qué alternativa había?

Keira miró a su alrededor. Era una habitación demasiado pequeña para tener una cama doble, pero habían conseguido meterla, y dominaba la estancia con su colcha hecha a mano y un cabecero con dibujos de Disney. Concretamente de Cenicienta.

Alzó los ojos y se cruzó con la fría mirada de Matteo.

—Lo siento —murmuró.

—Ahórrate los lamentos —contestó él con sequedad sacando el móvil del bolsillo de los pantalones—. No hay señal. Y tampoco hay Wifi, claro.

—Mary ha dicho que podemos usar la línea fija si queremos.

—Ya lo sé. Llamaré a mi asistente cuando me haya quitado esta ropa mojada —se aflojó la corbata antes de lanzarla sobre el respaldo de una silla cercana—. Por el amor de Dios, ni siquiera tenemos baño propio. ¿En qué siglo se supone que estamos?

Keira se preguntó si Matteo no estaría ignorando deliberadamente algo mucho más perturbador que el baño... o tal vez ella fuera demasiado sensible al respecto, teniendo en cuenta su incómoda historia. Se pasó los dedos por el pelo de punta y se preguntó por qué no era como las demás mujeres. Por qué las dos únicas ocasiones en las que había compartido cama con un hombre, uno de ellos se había desmayado de borracho... y el otro la miraba con irritación.

Matteo estaba asintiendo con la cabeza como si le hubiera leído el pensamiento.

—Ya lo sé —murmuró sombrío—. También es una pesadilla para mí. Compartir una cama pequeña con una empleada no está en cabeza de mi lista de deseos navideños.

«No reacciones», se dijo Keira con rotundidad. «Y no te lo tomes como algo personal. Actúa con indiferencia y no hagas un mundo de esto».

—Supongo que sobreviviremos —dijo con frialdad. Luego se frotó los brazos a través de la fina chaqueta y empezó a temblar.

Matteo la observó y comentó con un inesperado tono de empatía:

—Tienes frío —detuvo la mirada en sus muslos durante una fracción de segundo—. Y los pantalones empapados. ¿No tienes nada más que puedas ponerte?

La vergüenza hizo que Keira se pusiera a la defensiva y le miró, consciente del calor que le teñía las mejillas.

—Sí, claro. Siempre llevo una muda entera de ropa cuando viajo de Londres a Devon —afirmó—. Todos los conductores lo hacemos.

—¿Por qué no te ahorras el sarcasmo y vas a darte un baño caliente? —sugirió él—. Yo te puedo dejar algo de ropa.

Keira le miró con recelo, sorprendida por la oferta y sin terminar de creérsela. Se había quitado el abrigo de cachemira y estaba resplandeciente con un traje gris oscuro que parecía hecho a medida. Seguramente lo era, porque los trajes estándar no servían para hombres de hombros tan anchos y piernas tan largas. ¿Qué diablos podía llevar Matteo Valenti en la maleta que le sirviera?

–¿Viajas con ropa de mujer en la maleta?

Una sonrisa inesperada asomó a los labios de Matteo, y a ella se le aceleró tanto el corazón al verlo que confió en que no sonriera con demasiada frecuencia.

–Tal vez te parezca raro, pero no –dijo abriendo la cremallera de la maleta de piel–. Pero tengo un suéter que te puede valer. Y una pastilla de jabón. Toma.

Sacó las cosas de la maleta y se las dio. Keira se sintió de pronto abrumada por la gratitud.

–Gra-gracias. Es muy amable por tu parte...

–Ahórrate los agradecimientos –la interrumpió él apretando los labios–. No lo hago por amabilidad. Este día ha sido un desastre y no quiero empeorarlo contigo pillando una pulmonía.

–De acuerdo, haré todo lo posible por no ponerme enferma –le espetó Keira–. No me gustaría causarte más molestias.

Keira agarró el suéter y salió de la habitación rumbo al cuarto de baño tratando de controlar la rabia. Matteo era la persona más odiosa que había conocido en su vida y tendría que aguantar una noche entera con él.

Colgó el suéter en la parte de atrás de la puerta y echó un rápido vistazo al baño. Por suerte estaba acostumbrada a lo básico. Para ella, el lavabo color verde aguacate y el baño no eran nada del otro mundo. Cuando ella era pequeña vivía con su madre en sitios con mucha peor fontanería. Sintió una punzada de nostalgia. Aunque aquellos fueron tiempos duros, al menos entonces sabía lo que era la seguridad emocional, antes de que su madre muriera.

Se metió en el minúsculo compartimento de la ducha y dejó que el agua le cayera directamente por la cabeza, enjabonándose con el increíble jabón de Matteo. Y entonces ocurrió algo de lo más extraño. Sintió bajo los dedos masajeantes cómo los pezones se le endurecían y se convertían en dos nudos tirantes y por un momento cerró los ojos y se imaginó a su poderoso cliente tocándola allí.

Entonces apartó las manos horrorizada. ¿Qué diablos le pasaba?

Salió de la ducha y empezó a secarse con virulencia. ¿No era bastante mala la situación para encima fantasear con un hombre que sin duda se aseguraría de que la despidieran en cuanto volvieran a la civilización?

Se puso el sujetador, le dio la vuelta a las braguitas y se metió el suéter de Matteo por la cabeza. Estaba calentito y muy suave, lástima que solo le llegara a media pierna por mucho que tirara de él. Se miró al espejo. ¿Y cuál era el problema? ¿Tan ingenua era como para pensar que el magnate italiano se fijaría en lo que llevaba puesto? A juzgar por la actitud que tenía hacia ella, seguramente podría bailar el vals completamente desnuda delante de él y ni siquiera parpadearía.

Pero Keira se equivocaba, igual que se había equivocado al tomar la desviación hacia Dartmoor. Porque, cuando entró de nuevo en la habitación, Matteo Valenti se giró desde la ventana por la que estaba mirando y la contempló con una expresión tan helada como el tiempo que hacía fuera. Fue maravilloso observar aquel parpadeo inconfundible cuando la vio, algo que normalmente no sucedía cuando Keira entraba en una estancia. Matteo entornó los ojos y se le oscureció la mirada. Algo en el ambiente pareció cambiar. No estaba acostumbrada a ello, pero no podía negar que sintió la piel caliente por el placer. A menos, por supuesto, que hubiera malinterpretado completamente la situación. No sería la primera vez, ¿verdad?

–¿Va todo bien? –preguntó con incertidumbre.

Matteo asintió en respuesta, consciente de que el pulso le había empezado a martillear en las sienes. Acababa de terminar una conversación telefónica con su asistente y por eso estaba a miles de kilómetros de allí, mirando por la ventana hacia el desolado paisaje campestre y con la extraña sensación de que nadie podría llegar hasta él... una sensación que le había proporcionado una sorprendente oleada de paz. Había visto a su conductora dirigirse al baño con su soso uniforme azul marino, pero cuando regresó...

Se la quedó mirando y tragó saliva porque se le había formado un nudo en la garganta. Resultaba inexplicable. ¿Qué diablos había pasado?

El corto cabello oscuro estaba húmedo, y el calor de la ducha debía de ser el responsable del sonrojo de sus mejillas que contrastaba con aquellos grandes y brillantes ojos de color zafiro. Pero fue el suéter el responsable de aquella repentina punzada sexual que hubiera preferido evitar. Un sencillo suéter de lana que parecía una prenda completamente diferente puesta en ella. Era tan pequeña y menuda que prácticamente la envolvía, pero apuntaba al cuerpo de caderas estrechas que había debajo y a las piernas más perfectas que había visto nunca. Tenía un aspecto...

Matteo sacudió ligeramente la cabeza. Tenía un aspecto sexy, pensó resentido mientras el deseo se le disparaba en la entrepierna. Daba la impresión de que Keira quería que la tumbara sobre la cama y empezara a besarla. Como si le estuviera tentando con la pregunta de si llevaba o no braguitas. Sentía que estaba dentro de la fantasía de un colegial, y se sintió tentado de pedirle que se agachara a recoger algún objeto imaginario de la alfombra para poder ver si tenía el trasero desnudo. Y luego dio marcha atrás porque la situación ya era bastante mala sin tener que enfrentarse a incontables horas de frustración y fantasías con una mujer que no podía tener... aunque no fuera la clase de hombre que se dejara llevar por aventuras de una noche.

—Sí, todo va estupendamente. Fantástico —añadió con sarcasmo—. Acabo de llamar a mi asistente y le he pedido que se disculpe en mi nombre en la fiesta de esta noche. Me ha preguntado si tenía otro plan mejor y le he dicho que no, que de hecho estoy atrapado en un páramo nevado en medio de la nada.

—Te he dejado un poco de agua caliente —dijo ella con tirantez ignorando su ironía.

—¿Seré capaz de contener la emoción? —respondió Matteo mientras agarraba la ropa que había sacado de la maleta y salía de la habitación.

Pero cuando volvió se había calmado un poco. Llevaba vaqueros y un suéter, y se la encontró agarrando una tetera para encontrarle espacio en una bandeja con sándwiches y tartaletas de fruta.

—Mary nos ha traído esto de cena —dijo Keira mirándole—. ¿Tienes hambre?

A Matteo le resultó difícil mirarla a la cara, porque solo quería centrarse en sus piernas y en la pregunta de si llevaría o no ropa interior bajo su suéter. Matteo se encogió de hombros.

—Supongo que sí.

—¿Quieres un sándwich?

—¿Cómo podría negarme?

—Es muy amable por parte de Mary haberse tomado la molestia de prepararnos algo de comer, sobre todo porque está cocinando un pavo grande para ocho personas –le reprendió Keira con suavidad–. Lo menos que podemos hacer es estar agradecidos.

–Supongo.

Keira trató de mantener una sonrisa educada mientras le pasaba una taza de té y un sándwich de queso, diciéndose que no conseguiría nada siendo ella también maleducada. De hecho, si se empezaban a pelear solo empeoraría las cosas. Era ella quien se había equivocado y cuyo trabajo peligraba. Si seguía contestándole, ¿quién le decía que no llamaría a su jefe para hablarle de su incompetencia? Si llevaba las cosas con dulzura, tal vez Matteo no haría una montaña de la situación, podría incluso olvidar lo sucedido. Necesitaba aquel trabajo porque le encantaba, y había tan pocas cosas en su vida que le encantaban que no podía dejarlas ir sin luchar.

Se dio cuenta de que Matteo no decía nada mientras comía, su expresión sugería que estaba simplemente alimentando su impresionante cuerpo en vez de disfrutar de lo que se le ofrecía. Pero a Keira se le había quitado completamente el apetito. Le dio un mordisco a una tartaleta y el azúcar le proporcionó una rápida ráfaga de placer, pero en lo único en lo que podía pensar era en cómo iban a pasar las siguientes horas. No había ni una radio en la habitación, y mucho menos una televisión. Observó cómo la luz de la lámpara dibujaba sombras en el rostro de su cliente, la dureza de sus facciones en contraste con la sensual curva de sus labios... y se preguntó qué sentiría al ser besada por un hombre así.

«Basta», se urgió furiosa. «No fuiste capaz de mantener el interés de ese mecánico con el que saliste en el taller... ¿de verdad crees que tienes alguna posibilidad con un italiano multimillonario?».

Una nota de desesperación le tiñó la voz cuando trató de pensar en algo que pudieran hacer y que la distrajera de su masculinidad.

—¿Quieres que baje y le pregunte a Mary si tiene algún juego de mesa?

Matteo dejó la taza vacía en la mesa y entornó los ojos.

—¿Perdona?

—Ya sabes —Keira se encogió de hombros—. Cartas, Scrabble, el Monopoly, algo. Porque no podemos pasarnos la noche mirándonos el uno al otro y temiendo la noche que nos espera, ¿verdad? —añadió.

Matteo alzó sus oscuras cejas.

—Tienes miedo de la noche que nos espera, ¿verdad, Keira?

Su voz tenía una nota burlona, y Keira se dio cuenta de que no solo era la primera vez que la llamaba por su nombre, sino que lo había dicho de un modo como nunca antes nadie lo había pronunciado. Sintió que se le sonrojaban las mejillas y supo que tenía que dejar de actuar como una boba sin mundo.

—Bueno, ¿tú no? —le desafió—. No me digas que no se te cayó el alma a los pies al saber que teníamos que pasar la noche aquí.

Matteo consideró la pregunta. Hasta hacía unos minutos le habría dado la razón, pero había algo en la chica del pelo negro y de punta que le estaba haciendo reconsiderar su postura inicial. Era una situación nueva y él era un hombre cuyos apetitos habían sido más que satisfechos a lo largo de los años, por lo que la novedad no debía perturbarle. Y Keira no era su tipo de mujer. No se comportaba como hubieran hecho la mayoría de las mujeres en sus circunstancias.

Había sugerido que jugaran a algo como si realmente lo pensara, sin poner ningún énfasis cariñoso en la palabra «jugar», sin dejar lugar a dudas de cómo quería que progresara el «juego»: con él entrando en su cuerpo. La gente le llamaba arrogante, pero Matteo prefería verse como un hombre realista. No se le podía acusar de subestimar sus atributos, y uno de ellos era su capacidad para hacer que el sexo opuesto se derritiera sin intentarlo siquiera.

Clavó los ojos en ella y le gustó ver la competitividad en su mirada, lo que sugería que su pregunta había sido sincera.

—Claro —respondió—. Juguemos a algo.

Keira agarró la bandeja y bajó las escaleras para volver a aparecer un poco más tarde con una pila de juegos de mesa, una botella de vino tinto y dos vasos.

—No hay necesidad de ponerse tiquismiquis con el vino —dijo ella al ver la expresión que ponía al mirar la etiqueta—. Es muy amable por parte de Mary ofrecernos esta botella y yo me voy a tomar un vaso aunque tú no lo hagas. Esta noche no tengo que conducir y no quiero ofenderla.

Matteo agarró la botella y la abrió. Sirvió los dos vasos y se forzó a beberse el contenido de un solo trago mientras se sentaba en la silla más incómoda en la que había estado en su vida.

—¿Preparado? —le preguntó Keira sentándose en la cama con las piernas cruzadas, con una manta discretamente colocada sobre los muslos.

—Supongo que sí —gruñó él.

Jugaron al Monopoly, y naturalmente ganó él. Por algo se había pasado toda su vida adulta comerciando con propiedades, y había aprendido que no había producto más valioso que la tierra. Pero se quedó sorprendido cuando ella le propuso una partida de póquer, y más sorprendido todavía con su habilidad con las cartas.

Matteo se preguntó después si no se habría distraído al saber que tenía las piernas desnudas bajo la manta, o mirándole las largas pestañas negras, que no tenían ni un gramo de maquillaje. Porque la verdad era que encontraba a su conductora tamaño llavero más fascinante a cada momento que transcurría. Se las estaba arreglando para mantener la cara de póquer cuando miraba las cartas, y Matteo sintió el deseo de besar aquellos labios que no sonreían.

Tragó saliva. ¿Era Keira consciente de que su frialdad le provocaba una ráfaga sexual que crecía más y más a cada segundo? No lo sabía. Lo único que sabía era que para cuando se terminaron casi la botella le había ganado, y aquello era una experiencia desconocida para él.

—¿Quién te enseñó a jugar así? —le preguntó entornando los ojos.

Ella se encogió de hombros.

—Antes de ser conductora trabajé como mecánica de coches... sobre todo con hombres —añadió—. Y a ellos les gustaba jugar a las cartas en los ratos libres.

—¿Trabajaste de mecánico?

—Pareces sorprendido.

—Lo estoy. No pareces lo suficientemente fuerte como para cargar con las piezas de un coche.

—Las apariencias pueden engañar.

—Está claro que sí — él agarró la botella y vació lo que quedaba, fijándose en que a Keira le temblaban los dedos cuando le tendió el vaso. Ella también debió de notar aquella corriente eléctrica cuando sus dedos rozaron los suyos.

Matteo cruzó las piernas para ocultar la erección mientras trataba, sin conseguirlo, de pensar en otra cosa que no estuviera relacionada con los labios y el cuerpo de Keira.

Keira no tenía muy claro cómo expresar lo que pensaba. El alcohol la había vuelto más osada de lo habitual, algo que explotó completamente durante la partida de cartas. Sabía que ganar a Matteo Valenti no era lo más inteligente que podía hacer, pero algo la llevó a demostrarle que no era tan inútil como él pensaba. Sin embargo, ahora se daba cuenta de que el valor la abandonaba. Igual que era consciente de que la tensión había ido creciendo en la agobiante habitación desde que ella salió del baño.

Sentía los pechos tirantes y las braguitas húmedas. ¿Se habría dado cuenta Matteo? Tal vez estuviera acostumbrado a que las mujeres reaccionaran de aquella manera al estar cerca de él, pero ella no era una de esas mujeres. Los hombres la habían llamado frígida antes, cuando en realidad lo que tenía era miedo de hacer lo que su madre siempre le había advertido que no hiciera. Pero nunca había sido un problema con anterioridad porque el contacto cercano con el sexo opuesto siempre la había dejado fría, y la única vez que terminó en la cama con un hombre se quedó dormido por el alcohol y empezó a roncar antes incluso de que su cabeza tocara la almohada. Entonces, ¿cómo se las arreglaba Matteo para hacer que se sintiera así, como si todos los poros de su piel gritaran que la tocara?

Keira tragó saliva.

—No hemos hablado de cómo vamos a dormir.

—¿Qué tienes en mente?

—Bueno, parece que vamos a tener que compartir la cama... así que tendremos que llegar a algún tipo de acuerdo —Keira exhaló profundamente el aire—. Y estoy pensando que podíamos dormir al revés.

—¿Al revés? No entiendo.

Ella movió los hombros en un gesto de incomodidad.

—Es fácil. Yo duermo con la cabeza en un extremo de la cama y tú duermes con la tuya en el otro. Solíamos hacerlo en las chicas exploradoras. A veces la gente incluso ponía almohadas en medio para mantenerse en su lado y no invadir el espacio de la otra persona.

Keira decidió seguir, aunque no le resultaba fácil con él mirándola fijamente con incredulidad.

—A menos que estés dispuesto a pasar la noche en esa silla.

Matteo fue consciente de la dureza del asiento, que le hacía sentir como si estuviera sentado en alambres de hierro.

—¿De verdad crees que me voy a pasar la noche sentado en esta maldita silla?

Ella le miró desconcertada.

—¿Quieres que yo duerma en la silla?

—¿Y que me tengas toda la noche despierto mientras te mueves intentando encontrar una postura? No. Te voy a decir lo que va a pasar, *cara mia*. Vamos a compartir la cama como sugirió la amable dama. Pero no te preocupes, romperé mi costumbre de toda la vida de dormir desnudo y tú puedes dejarte el suéter puesto. *Capisci?* Y puedes quedarte tranquila, estarás a salvo de mis intenciones porque no te encuentro atractiva en absoluto.

No era del todo cierto, pero... ¿por qué empeorar todavía más una situación ya de por sí mala?

Se puso de pie y empezó a desabrocharse el cinturón. Vio cómo ella abría la boca.

—Será mejor que cierres esos grandes ojos azules —le sugirió con un toque burlón mientras veía cómo palidecía—. Al menos hasta que esté a salvo entre las sábanas.

Capítulo 3

KEIRA estaba tumbada en la oscuridad deslizando la lengua por los labios, que sentía tan secos como si hubiera corrido un maratón. Lo había intentado todo. Respirar profundamente. Contar hacia atrás desde mil. Relajar los músculos desde los dedos de los pies hacia arriba. Pero hasta el momento nada había funcionado, y en lo único que podía pensar era en el hombre que tenía al lado. «Matteo Valenti. A mi lado en la cama». Tenía que seguir repitiéndolo en silencio para recordarse lo imposible de la situación... y también la innegable tentación que sentía.

De su poderoso cuerpo irradiaba un calor animal, despertando en ella el deseo de retorcerse debido a una extraña frustración. Quería agitarse, pero se obligó a quedarse lo más quieta posible, aterrorizada ante la idea de despertarle. No dejaba de repetirse que llevaba en pie desde la seis de la mañana y que debería estar agotada, pero cuanto más buscaba el sueño, más la esquivaba.

¿Sería porque aquella mirada robada de su cuerpo cuando iba a subirse a la cama había reforzado las fantasías que estaba intentando no tener? Sí, se había cubierto con una camiseta y unos boxers de seda, pero... no servían para ocultar su abdomen musculado y las piernas cubiertas de duro vello. Cada vez que cerraba los ojos podía ver aquellos músculos duros y fuertes y una oleada de deseo le atravesaba el cuerpo, dejándola casi sin aliento.

Los sonidos procedentes de abajo no ayudaban. La cena que Mary había mencionado estaba en pleno apogeo y le molestaba de una manera en la que prefería no pensar. Escuchaba los gritos de emoción que sobresalían entre la charla, y luego las voces de los niños cuando empezaron a cantar villancicos. Keira se los podía imaginar a todos alrededor de la chimenea como una postal navideña, y sintió una oleada de tristeza porque ella nunca había vivido algo así.

–¿No puedes dormir? –aquella voz sedosa con acento italiano le atravesó los pensamientos, y supo por el cambio de peso en el colchón que Matteo Valenti había girado la cabeza para hablar con ella.

Keira tragó saliva. ¿Debería fingir que estaba dormida? Pero no tendría mucho sentido. Sospechaba que Matteo descubriría la farsa al instante, y además suponía un alivio no tener que seguir quieta.

–No –admitió–. ¿Y tú?

Matteo soltó una breve carcajada.

–No esperaba hacerlo.

–¿Por qué no?

–Creo que ya lo sabes –murmuró con voz grave–. Es una situación poco habitual compartir cama con una mujer atractiva y tener que comportarse de una manera casta.

Keira se alegró de que estuviera oscuro para que no se le viera el repentino rubor de placer. ¿La había llamado «atractiva» el guapísimo y arrogante Matteo Valenti? ¿Estaba realmente insinuando que le costaba trabajo mantener las manos alejadas de ella? Tal vez solo estuviera intentando ser educado... pero no había sido precisamente un modelo de buena educación hasta el momento.

—Creía que habías dicho que no me considerabas atractiva.

—He estado intentando convencerme de ello.

Ella sonrió de placer en la oscuridad.

—Podría bajar y preparar un poco de té.

—Por favor —gruñó él—. No más té.

—Entonces supongo que tendremos que resignarnos a pasar una noche en blanco —Keira ahuecó la almohada y suspiró antes de volver a apoyar la cabeza en ella—. A menos que tengas una sugerencia mejor.

Matteo sonrió con frustración porque su comentario le había sonado sincero. No estaba preguntándoselo de un modo que indicara que él se incorporara y le diera una respuesta con los labios. Como tampoco le estaba rozando de manera accidental una de sus bonitas piernas contra la suya, tentándole con su contacto.

Tragó saliva. Su actitud virtuosa no suponía ninguna diferencia porque estaba duro desde el momento en que se metió entre las sábanas, y ahora estaba como una piedra. Por una mujer con un pelo espantoso por cuya incompetencia se veía varado en aquel agujero. Un tipo de frustración diferente se apoderó de él hasta que recordó que culpar a la mujer no le serviría de mucho.

—Supongo que podemos hablar —sugirió.

—¿De qué?

—¿De qué les gusta hablar a las mujeres? —preguntó Matteo con sorna—. Puedes contarme algo de ti.

—¿Y de qué servirá eso?

—Seguramente me ayude a dormir —admitió él.

Escuchó cómo ella se reía entre dientes. Y eso le hizo sonreír a él.

—Cuéntame dónde vas a pasar las Navidades... ¿no es eso lo que todo el mundo pregunta en esta época del año?

Keira abrió y cerró los dedos bajo la sábana, pensando que de todas las preguntas que pudo haberle hecho, aquella era la que menos le apetecía contestar. ¿Por qué no le había preguntado sobre coches para que pudiera deslumbrarle con sus conocimientos mecánicos? O hablarle de su sueño de llegar algún día a convertirse en restauradora de coches antiguos, aunque siendo realista aquello no iba a pasar nunca.

—Con mi tía y mi prima, Shelley —murmuró malhumorada.

—Y no te apetece mucho, ¿verdad?

—¿Tanto se me nota?

—Me temo que sí. A tu voz le falta cierto... entusiasmo.

—Pues no, no me apetece.

—¿Y por qué no pasas las Navidades en otro sitio?

Keira suspiró. En la oscuridad era muy fácil olvidar el barniz de despreocupación que siempre se ponía cuando la gente le hacía preguntas sobre su vida personal. Mantenía los hechos reducidos al mínimo porque así era más fácil. Si se dejaba claro que no se quería hablar de algo, la gente terminaba por dejar de preguntar.

Pero Matteo era distinto. No volvería siquiera a verlo después del día siguiente. ¿Y no estaría bien decir por una vez lo que sentía en lugar de lo que sabía que la gente esperaba oír? Sabía que tenía suerte de que su tía se hubiera quedado con ella cuando aquel conductor borracho atropelló a su madre al volver del trabajo con el perro de peluche que había comprado para el cumpleaños de su hija. Por suerte no había tenido que ir a una casa de acogida. Pero saber algo no siempre servía para cambiar cómo se sentía alguien por dentro. Y no cambiaba la realidad de que Keira se sintiera una imposición. De tener que estar constantemente agradecida por que le hubieran dado un hogar. De intentar ignorar las sutiles pullas porque Keira era más guapa que su prima, Shelley. Aquella era la razón por la que se cortó el pelo un día y se lo dejó corto.

–Porque las Navidades son para estar en familia y ellas son la única que tengo –dijo.

–¿No tienes padres?

–No –y como pareció que quedaba un hueco que había que rellenar, eso fue exactamente lo que hizo–, no conozco a mi padre y mi tía se quedó conmigo cuando mi madre murió, así que le debo mucho.

–Pero no te cae bien, ¿no?

–Yo no he dicho eso.

–No hace falta decirlo. No es un delito admitirlo. No tiene que caerte bien alguien solo porque haya sido amable contigo, Keira, aunque sea un pariente.

–Lo hizo lo mejor que pudo, y no debió de ser fácil. El dinero no sobraba –afirmó ella–. Y ahora que mi tío ha muerto solo quedan ellas dos, y creo que mi tía se siente sola en el fondo. Así que me sentaré a la mesa con ella y con mi prima y fingiré disfrutar del pavo seco. Como hace la mayoría de la gente, supongo.

Se hizo una pausa tan larga que Keira se preguntó si Matteo no se habría dormido realmente. Así que cuando volvió a hablar se sobresaltó.

–¿Y qué te gustaría hacer en Navidades? –le preguntó con tono suave–, si el dinero no fuera un problema y no tuvieras que estar con tu tía.

Keira se subió la sábana hasta la barbilla.

–¿De cuánto dinero estamos hablando? ¿El suficiente para alquilar un jet privado y volar al Caribe?

–Si eso es lo que te apetece...

–No particularmente –Keira miró al techo. Hacía mucho tiempo que no jugaba a las fantasías–. Reservaría una habitación en el hotel más lujoso que pudiera encontrar. Y vería la televisión. Ya sabes, una de esas pantallas enormes que ocupan toda una pared. Nunca he tenido televisión en el cuarto. Vería todas las películas cursis navideñas allí tumbada comiendo helado y palomitas hasta reventar.

A Matteo se le tensó el cuerpo bajo la sábana, y no solo por el tono melancólico de su voz. Hacía mucho tiempo que no recibía una respuesta tan sencilla de alguien. Y su candor resultaba refrescante. Tan refrescante como su cuerpo joven y esbelto y aquellos ojos de un azul profundo, del color del mar oscuro. Se le había acelerado el latido del corazón y sintió un renovado latigazo de erección. Y de pronto la oscuridad se convirtió en un peligro porque le cubría con la capa del anonimato. Le hacía olvidar quién era él y quién era ella. Le tentaba a hacer cosas en las que no debería siquiera pensar. Porque sin luz eran simplemente dos cuerpos tumbados uno al lado del otro a merced de sus sentidos... y en aquel momento sus sentidos estaban disparados.

Matteo extendió el brazo y encendió la luz, de modo que la minúscula habitación quedó cubierta de un suave brillo. Keira, que seguía con la sábana hasta la barbilla, parpadeó y le miró.

—¿Por qué has hecho eso?

—Porque la oscuridad me resulta... molesta.

—No lo entiendo.

Matteo alzó las cejas.

—¿No?

Se hizo una pausa. Matteo vio el recelo reflejado en sus ojos mientras sacudía la cabeza, pero también vio algo más, algo que le aceleró el ritmo cardíaco.

—No —respondió ella finalmente.

—Creo que será mejor que después de todo me vaya

a dormir a la maldita silla –dijo Matteo–. Si me quedo aquí más tiempo voy a besarte.

Keira le miró asombrada. ¿Acababa de decir Matteo Valenti que quería besarla? Se quedó allí tumbada durante un instante, disfrutando de la sensación de ser el objeto de atracción de un hombre tan guapo mientras el sentido común libraba una cruenta batalla contra sus sentidos.

Se dio cuenta de que a pesar del comentario de la silla no se había movido, y la pregunta sin formular parecía estar en el aire. En algún lugar distante de la casa se escuchó un reloj marcando la hora, y aunque no era medianoche sonó como la hora encantada. Como si la magia pudiera suceder si la dejaba. Si escuchaba lo que quería en lugar de a la voz de la precaución, que había sido una presencia constante en su vida desde que tenía uso de razón.

Había aprendido de la manera más dura lo que les sucedía a las mujeres que caían con el hombre equivocado... y Matteo Valenti tenía la palabra «error» escrita en cada poro de su cuerpo. Era peligroso, sexy y un multimillonario que estaba fuera de su alcance. ¿No debería apartarse de él y decirle que sí, que por favor se fuera a la silla?

Pero no hizo nada de eso. Lo que hizo fue cerrar los ojos y deslizar la punta de la lengua por el labio inferior. Le resultaba imposible apartar la mirada de él. Podía sentir el calor derretido en el vientre, que le provocaba una tirantez excitante. Pensó en las vacaciones que tenía por delante. La forzada comida navideña con su tía hablando orgullosa del trabajo de su hija, Shelley, como esteticista y preguntándose cómo era posible que su única sobrina hubiera acabado siendo mecánica de coches.

Keira cerró los ojos un instante. Se había pasado la

vida entera tratando de ser buena, ¿y qué había conseguido? No se daban medallas por ser buena. Había sacado el mejor partido a su dislexia y a la habilidad que tenía con las manos. Era capaz de desmontar un motor y volver a armarlo. Había encontrado trabajo en un mundo de hombres que le permitía llegar a fin de mes, pero nunca había tenido una relación larga. Nunca había tenido relaciones sexuales, y si no se andaba con ojo podría terminar anciana y melancólica, recordando aquella noche nevada en Dartmoor en la que Matteo Valenti quiso besarla.

Lo miró fijamente.

—Adelante —susurró—. Bésame.

Si creía que él iba a vacilar, estaba muy equivocada. No siguió ninguna pregunta sobre si estaba segura. Matteo le tomó el rostro entre las manos y en cuanto deslizó los labios sobre los suyos no hubo más que decir. El trato se selló y no había vuelta atrás. Matteo la besó hasta que se quedó mareada de placer y derretida de deseo. Hasta que empezó a moverse entre sus brazos inquieta, buscando la siguiente fase, aterrorizada por el temor de que en algún momento pudiera darse cuenta de lo inexperta que era y la rechazara. Le escuchó reírse suavemente al deslizar los dedos bajo el suéter y encontrarse con el sujetador que le cubría los senos.

—Demasiada ropa —murmuró él desabrochándoselo.

Keira pensó en la cantidad de veces que sin duda habría hecho Matteo aquel gesto, y que tal vez debería confesarle su inexperiencia. Pero entonces él empezó a acariciarle los pezones suavemente en círculos con el pulgar y el momento pasó. El deseo se le acumuló en la entrepierna como si fuera miel y Keira soltó un pequeño grito de placer.

–No grites –la urgió él suavemente mientras le quitaba el suéter por la cabeza y lo tiraba a un lado. El movimiento fue seguido rápidamente por su propia camiseta y los boxers–. No queremos despertar a toda la casa, ¿verdad?

Keira sacudió la cabeza, incapaz de responder porque ahora él le estaba bajando las braguitas y una llamarada de deseo se le extendió por todo el cuerpo.

–Matteo –jadeó cuando sus dedos se le acercaron al vientre y empezaron a explorar su piel ardiente.

La acarició con una delicadeza tentadora, cada caricia íntima hacía que se deslizara más profundamente en un nuevo mundo de intimidad. Y que a la vez le resultaba extrañamente familiar. Como si supiera exactamente lo que tenía que hacer a pesar de ser novata. ¿Le dijo él que abriera las piernas o se le separaron solas? No lo sabía. Lo único que sabía era que cuando empezó a acariciarle con la yema de los dedos los húmedos y cálidos pliegues pensó que se iba a desmayar de placer.

–Oh... –susurró maravillada–. Esto es... increíble.

–Lo sé. Ahora tócame –la urgió Matteo contra la boca.

Keira tragó saliva. ¿Se atrevería? Era tan grande y firme que realmente no sabía qué hacer. Contuvo los nervios, lo tomó entre los dedos pulgar e índice y empezó a acariciarle arriba y abajo con un movimiento suave que estuvo a punto de hacerle saltar de la cama.

–*Madonna mia!* ¿Dónde aprendiste a hacer eso? –jadeó él.

Keira supuso que estropearía el momento si le explicaba que los mecánicos de coche eran frecuentemente bendecidos con un toque de sensibilidad natural. Así que se limitó a preguntarle en voz baja:

–¿Te gusta?

–¿Gustarme? ¿Estás de broma? ¡Me vuelve loco!

Entonces, ¿por qué detenía el proceso agarrándola con firmeza de la muñeca? ¿Por qué estaba buscando a ciegas la cartera que había dejado encima de la mesilla? Sacó de ella un envoltorio de aluminio y Keira se estremeció al darse cuenta de lo que estaba a punto de hacer. Aquello podía ser lo más impulsivo y disparatado que había hecho en su vida, pero al menos estaría protegida.

Matteo se puso el preservativo y a ella le sorprendió la falta de temor que sintió al rodearle ansiosa el cuello con los brazos. Porque se sentía bien. No porque él fuera rico y poderoso, ni porque fuera increíblemente guapo y sexy, sino porque había algo en él que le había tocado el corazón. Tal vez fuera el modo en que había suavizado la voz al hacerle aquellas preguntas sobre cómo iba a pasar las Navidades. Casi como si le importara. Y hacía mucho tiempo que no le importaba a nadie. ¿Tan necesitada de afecto estaba que se iba a entregar por completo a un hombre al que realmente no conocía? No lo sabía. Lo único que sabía era que le deseaba más de lo que había deseado nunca nada.

–Matteo –dijo cuando él la atrajo hacia su cuerpo.

A él le brillaban los ojos cuando la miró.

–¿Quieres cambiar de opinión?

Que fuera tan considerado hizo que le deseara más.

–No –susurró deslizándole las yemas de los dedos por el cuello–. De ninguna manera.

Matteo volvió a besarla hasta que alcanzó aquel delicioso punto de derretimiento de antes y luego él se colocó a horcajadas. Tenía el rostro en sombras al posicionarse, y Keira se puso tensa cuando ejecutó la primera embestida y empezó a moverse. El dolor fue agudo, pero afortunadamente corto. Vio cómo a él se le oscurecía la expresión y se quedaba muy quieto antes de cambiar el ritmo. Ralentizó el movimiento mientras le doblaba las piernas y se las colocaba alrededor de la cintura para poder llenarla completamente con cada embate.

A medida que su cuerpo se relajaba para acomodar su erección, Keira sintió que la excitación iba en aumento. Matteo fue entrando en ella centímetro a centímetro de su gloriosa virilidad antes de retirarse para repetir la misma y dulce embestida una y otra vez. Podía sentir cómo le ardía la piel mientras todas sus terminaciones nerviosas se excitaban en exquisita premonición. Podía sentir la inexorable escalada de excitación hasta tal punto que creyó sinceramente que no podría seguir soportándolo más. Y entonces sucedió. Como si se abrieran de golpe las compuertas de una presa, oleadas de intenso placer se apoderaron de ella. Sintió cómo se hacía añicos y apretó la boca contra su hombro perlado de sudor. Fue vagamente consciente de cómo él se sacudía y alcanzaba su propio orgasmo, y, para su propia sorpresa, a Keira se le llenaron los ojos de lágrimas.

Matteo se apartó de ella y se colocó boca arriba jadeando. Keira se sintió de pronto tímida y le miró, pero él tenía los ojos cerrados y las facciones inmutables, por lo que de repente se sintió excluida de aquel mundo privado en el que le parecía haberse perdido de pronto. La habitación estaba en silencio y no se atrevió a hablar. Se preguntó qué harían las mujeres normalmente en un momento así.

Finalmente, Matteo se giró hacia ella con las cejas alzadas a modo de interrogante y una expresión en el rostro que no supo definir.

–¿Y bien?

Keira quería regocijarse en el placer el mayor tiempo posible, no quería que se evaporara bajo la dura y fría luz de las explicaciones... pero al parecer él estaba esperándolas.

–¿Estás enfadado? –preguntó mirándole de reojo.

–¿Por qué iba a estarlo? –Matteo se encogió de hombros.

–Porque no te lo he dicho.

–¿Que eras virgen? –se rio de un modo extraño–. Me alegro. Podría haber estropeado el momento.

Keira se colocó un mechón de pelo detrás de la oreja.

–¿No vas a preguntarme por qué?

–¿Por qué me has elegido para ser el primero? –su sonrisa encerraba ahora cierta arrogancia–. Podría alabarte por tu excelente buen juicio al escoger a alguien como yo como primer amante, pero no es asunto mío, ¿verdad?

Aquello le dolió por alguna razón, pero no iba a demostrarlo. ¿Tan ingenua era que pensaba que Matteo se sentiría orgulloso por que le hubiera elegido a él y no a otro?

–No, supongo que no –dijo ella moviendo los dedos de los pies por la ropa de cama en un desesperado intento de localizar su único par de braguitas.

–Solo espero que no te hayas quedado decepcionada.

–Ya sabes que no –murmuró ella.

Aquello pareció suavizarle un poco, y le apartó unos mechones de pelo que le habían caído sobre la frente.

–Sí, lo sé. Y para que lo sepas, para mí también ha sido increíble. Nunca antes había tenido relaciones sexuales con una virgen, pero tengo entendido que es inusual que salga tan bien la primera vez. Así que deberías estar contenta contigo misma –empezó a acariciarle el pelo–. Y estás cansada.

–No.

–Sí –afirmó él con rotundidad–. Necesitas dormir. ¿Por qué no lo haces? Túmbate y deja que el sueño te arrastre.

Sus palabras resultaban relajantes, pero Keira no quería dormir, quería hablar. Quería preguntarle sobre su vida. Quería saber qué iba a pasar ahora, pero el tono de voz de Matteo indicaba que él no estaba en la misma onda. Y una conversación tensa podría destruir aquel maravilloso momento posterior que parecía tan tremendamente frágil, como una burbuja que podría estallar en cualquier momento. Así que asintió obediente, cerró los ojos y en cuestión de segundos sintió cómo se dejaba llevar por el sueño más profundo que había sentido en su vida.

Matteo vio cómo bajaba las pestañas y esperó hasta escuchar su respiración estable para retirar el brazo que rodeaba los hombros de Keira. Ella se movió un poco, pero no se despertó. Y entonces fue consciente de lo sucedido.

Había seducido a una mujer que trabajaba para él. Y, peor todavía, le había arrebatado la inocencia.

Maldijo en silencio. Había incumplido dos normas fundamentales del modo más espectacular. Tenía el pecho tenso cuando apagó la luz de la mesilla y trató de anular la mente para ignorar a la mujer que dormía desnuda a su lado. No era fácil. Lo que más deseaba era volver a introducir su creciente erección en su acogedor cuerpo, pero necesitaba encontrar la manera más efectiva de limitar los daños. Para ambos.

Se quedó mirando al techo en sombras y suspiró. No quería hacerle daño a Keira, pero podría hacérselo con mucha facilidad. Al parecer, hacía daño a las mujeres con mucha facilidad sin proponérselo, sobre todo porque no era capaz de amar ni de sentir ninguna emoción... al menos aquello era de lo que le acusaban una vez tras otra. Y Keira no se lo merecía. Se había entregado a él con una apertura que le había dejado sin aliento, y no le había demandado nada al acabar.

Pero nada de todo aquello influía en la realidad de su situación. Procedían de mundos que eran polos opuestos y que habían colisionado en aquella pequeña habitación en las nevadas afueras de Devon. Durante unos breves instantes se habían unido en un placer irracional, pero lo cierto era que no eran más que dos extraños desiguales movidos por un arrebato de pasión. Cuando estuvo en Italia le habían dado un ultimátum al que tenía que hacer frente, y eso pasaba por sopesar la verdad que se escondía tras las palabras de su padre.

«Dame un heredero, Matteo», le pidió jadeando. «Perpetúa el apellido Valenti y te daré lo que tu corazón desea. Si te niegas, le dejaré la finca a tu hermanastro y a su hijo».

Matteo sintió una punzada de dolor en el corazón. Tenía que decidir hasta qué punto estaba decidido a sacrificarse para mantener sus vínculos con el pasado. Tenía que regresar a su mundo. Y Keira al suyo.

Apretó las mandíbulas. ¿Se habría detenido de haber sabido que era su primera vez? Tal vez hubiera querido hacerlo, pero algo le decía que habría sido incapaz de alejarse del irresistible encanto de su cuerpo menudo. Se le secó la garganta al recordar aquel primer y dulce embate. Keira parecía muy pequeña para acomodarle, pero le había recibido en su interior como si estuviera hecho para entrar en ella y solo en ella. Recordó cómo le había tocado con aquellas caricias vacilantes y al mismo tiempo seguras. Casi hizo explosión. ¿Sería la novedad lo que provocó aquella alegre respuesta en ella, y también las lágrimas que sintió después en el hombro?

De pronto era capaz de entender el potente poder de las vírgenes, pero también era consciente de la responsabilidad que entrañaban. Todavía tenían sueños porque la experiencia no los había destrozado. ¿Esperaría que le pidiera el teléfono? ¿Que le comprara un vuelo a Roma para que vivieran un fin de semana de sexo y vieran qué ocurría después? ¿Un paseo de la mano al atardecer por el Trastevere, el barrio más romántico de Roma según decían? Porque eso no iba a ocurrir. Matteo apretó las mandíbulas. Solo serviría para despertar sus expectativas antes de destruirlas.

La escuchó murmurar algo en sueños y sintió un peso muy grande en la conciencia mientras sopesaba todas las posibilidades. ¿Qué sería lo mejor que podría hacer por Keira, su sexy conductora con los labios más suaves que había conocido? Miró el reloj, vio que era casi medianoche y que el resto de la casa guardaba silencio. ¿Y si se arriesgaba a bajar por las escaleras tratando de no despertar a nadie? Eso haría. Se deslizó fuera de la cama que olía a sexo, se puso algo de ropa encima y bajó.

Hizo la llamada sin ningún problema, pero cuando terminó la conversación susurrada se sentía de un humor extrañamente bajo. Volvió a la habitación, y con la luz del pasillo se quedó mirando el rostro de Keira apoyado sobre la almohada. Tenía los labios curvados en una suave sonrisa y quiso besarlos. Tomarla entre sus brazos y acariciarle el cuerpo entero. Pero no podía hacerlo. O, mejor dicho, no debía.

Tuvo mucho cuidado de no tocarla cuando se metió en la cama, pero la idea de su desnudez ahora prohibida para él supuso que se quedara allí tumbado despierto durante mucho, mucho rato.

Capítulo 4

UNA LUZ tenue la despertó, y durante un instante Keira se quedó completamente quieta con la cabeza apoyada en la almohada. Abrió los ojos de golpe y trató de averiguar dónde estaba exactamente. Y entonces lo recordó. Estaba en una habitación desconocida en el nevado Dartmoor, y acababa de entregarle su virginidad al poderoso multimillonario al que estaba llevando en coche.

Notó el dulce tirón entre las piernas y la deliciosa punzada en los pezones cuando giró lentamente la cabeza y vio que la otra mitad de la cama estaba vacía. Se le aceleró el pulso. Matteo estaría en el baño. Se sentó rápidamente y se pasó los dedos por el revuelto cabello para arreglarse un poco antes de que él volviera.

El rayo de luz cegador que se filtraba a través de la apertura de las cortinas mostraba que la nieve seguía estando muy presente, y una sonrisa de anticipación le curvó los labios. Tal vez tuvieran que seguir allí encerrados aquel día... y podrían volver a tener relaciones sexuales. Confiaba en ello. Cruzó los brazos sobre el pecho desnudo y se abrazó con fuerza mientras las endorfinas le recorrían el cálido cuerpo. Estaba claro que tenía que asegurarle que, aunque no contaba con experiencia, no era ninguna ingenua. Había escuchado a los hombres en el taller hablar de mujeres lo suficiente como para saber qué les gustaba y qué no. Se mostraría como una mujer adulta respecto a lo sucedido. Dejaría claro que no tenía ninguna expectativa... aunque, por supuesto, si Matteo quería volver a verla cuando se quitara la nieve, ella estaría encantada.

Fue entonces cuando se fijó en la mesilla. O, mejor dicho, en lo que había encima. Keira parpadeó sin dar crédito a lo que veía, pero cuando se le aclaró la visión se dio cuenta de que no era ningún espejismo. Miró horrorizada el enorme fajo de billetes. Se sintió como si la estuvieran grabando con cámara oculta para algún programa de televisión. Como si el dinero se fuese a desintegrar de pronto si lo tocaba o como si Matteo fuera a salir de pronto del escondite en el que estaba oculto. Miró a su alrededor y se dio cuenta de que en aquella habitación tan pequeña no había donde esconderse.

–¿Matteo? –murmuró con incertidumbre.

Nadie acudió. Por supuesto que no. Keira se quedó mirando fijamente el dinero y se dio cuenta de que había un papel debajo del fajo. Tardó varios segundos en reunir el valor para agarrar la nota y leerla.

Keira:
Solo quería decirte lo mucho que disfruté anoche, espero que tú también. Estabas tan plácidamente dormida esta mañana que no quise despertarte... pero necesito regresar a Italia lo antes posible.

Me dijiste que tu sueño era pasar la Navidad en un hotel de lujo y me gustaría hacerlo posible, por eso espero que aceptes este pequeño regalo y lo recibas con el sentido con el que te lo hago.

¡Si nos hubiéramos jugado dinero al póquer te habrías llevado mucho más que esto!

Te deseo todo lo mejor para el futuro.
Feliz Navidad.

Matteo.

Keira apretó con fuerza la nota y la sensación de confusión se intensificó al mirar el dinero... más dinero del que había visto nunca. Se permitió un momento de furia antes de levantarse de la cama, consciente de que no llevaba puesto su habitual camisón, y la visión de su cuerpo desnudo en el espejo la tentó con los recuerdos de lo que el italiano y ella habían hecho la noche anterior. Y cuando la furia pasó se quedó con el dolor y la decepción. ¿De verdad había pensado que Matteo saldría del baño y la tomaría entre sus brazos? Qué estúpida había sido.

Se lavó, se vistió y bajó las escaleras. Rechazó educadamente el desayuno, pero aceptó una taza de té de Mary, que parecía encantada de contarle todo lo que había sucedido mientras Keira estaba dormida.

—Lo primero que oí fue que llamaban a la puerta, y había un hombre en uno de esos todoterreno de ruedas grandes —afirmó.

—Capaz de atravesar la nieve, supongo —intervino Keira.

—Oh, sí. Porque el señor Valenti había pedido un vehículo con pala quitanieves. Al parecer, hizo una llamada anoche cuando todo el mundo estaba durmiendo y lo organizó. Debió de ser muy silencioso porque nadie lo oyó.

«Muy silencioso», pensó Keira con amargura. Debía de darle terror que ella se despertara y le pidiera que la llevara con él.

—Y ha enviado a varios hombres a sacar tu coche de la nieve. Dijo que de ninguna manera podías quedarte aquí atrapada —continuó Mary con una expresión soñadora—. Llegaron hace una hora, así que deben de estar terminando.

Keira asintió.

—¿Cuánto le debo?

Mary esbozó una radiante sonrisa.

–Nada. Tu señor Valenti ha sido más que generoso.

A Keira le empezó a latir el corazón con fuerza. Quería gritar que Matteo no era nada suyo. Así que el dinero no era para pagar la posada ni para ayudarla a volver a casa, porque eso ya lo había solucionado. Lo que solo dejaba una razón para el desembolso. Por supuesto. ¿Cómo había podido ser tan obtusa, si las insulsas palabras de la nota lo dejaban perfectamente claro? El comentario sobre el póquer y la falsa sugerencia de que fuera a un hotel de lujo no eran más que un modo educado de disfrazar lo obvio. Keira sintió náuseas.

Matteo Valenti le había pagado por tener relaciones sexuales con ella.

Funcionando en una especie de autopiloto confuso, Keira se dirigió a su recién liberado coche y desde allí condujo despacio de regreso a Londres. Tras dejar el coche en la empresa de limusinas se dirigió a Brixton, consciente de la cantidad de dinero que llevaba encima. Había pensado en dejarlo en la posada de Mary, pero seguramente la amable señora habría intentado devolverlo y eso habría empeorado las cosas. ¿Y cómo diablos iba a explicar lo que estaba haciendo allí? Pero sentía como si le estuviera haciendo un agujero enorme en el bolsillo, un amargo recordatorio de lo que el italiano pensaba realmente de ella.

La zona de Brixton en la que tenía alquilado su pequeño apartamento no estaba de moda antes, pero ahora se encontraba en alza. Faltaban dos días para Navidad y las calles tenían un aire festivo que rayaba la histeria a pesar de que las grandes nevadas no habían llegado a la capital. Había luces brillantes por todas partes, árboles adornados y Santa Claus en cada esquina.

Keira no pudo evitar acordarse de su madre y echarla

de menos como nunca antes mientras pensaba en todas las Navidades que nunca compartirían. Los ojos se le llenaron de lágrimas y se abrazó por encima del anorak. Nunca se había sentido tan sola.

Pero la autocompasión no la llevaría a ninguna parte. Era una superviviente, ¿verdad? Superaría aquello como había superado cosas peores. Empezó a caminar hacia su casa esquivando a la multitud, y pasó por una de las tiendas solidarias de la zona. Se le vino una idea a la cabeza y abrió la puerta impulsivamente. La tienda estaba llena de gente probándose ropa para las festividades de Navidad y Año Nuevo. El ambiente era caótico pero feliz, y Keira se dirigió con gesto decidido a la caja. Metió la mano en el bolsillo, sacó el fajo de billetes y lo dejó sobre el mostrador frente a la asombrada dependienta.

—Toma —gimió Keira—. Y feliz Navidad.

La mujer alzó una mano.

—¡Guau! Espera un momento... ¿de dónde has sacado...?

Pero Keira ya estaba saliendo de la tienda. El aire frío azotó las lágrimas que habían empezado a resbalarle por las mejillas. Se le nubló la visión y se tambaleó un poco. Se habría caído de no ser por un brazo firme que la agarró del codo.

—¿Estás bien? —le preguntó una voz femenina.

¿Estaba bien? No, desde luego que no. Keira asintió y miró a la mujer de cabello platino que llevaba un abrigo imitando la piel de un leopardo.

—Sí, perfectamente. Solo necesito llegar a mi casa —jadeó.

—No, tal como estás no puedes ir a ninguna parte —afirmó la mujer con rotundidad—. Déjame invitarte a tomar algo. Creo que te vendrá bien. Por cierto, me llamo Hester.

Todavía temblando, Keira se dejó guiar al interior del pub en el que sonaba música en directo. El aroma a vino le inundó las fosas nasales. La mujer se acercó a la barra y regresó unos instantes después con un vaso de una mezcla marrón que parecía medicina. Se la puso sobre la arañada mesa.

–¿Qué es esto? –murmuró Keira agarrando el vaso y retrocediendo ante el olor.

–Brandy.

–No me gusta el brandy.

–Bébetelo. Parece que estás en estado de shock.

Aquello era verdad. Keira dio un largo sorbo y lo más extraño de todo fue que sí se sintió mejor después. Desorientada, sí... pero mejor.

–Y dime, ¿de dónde has sacado ese dinero? –le preguntó la rubia–. ¿Has robado un banco o algo así? Yo estaba en la tienda cuando llegaste con el fajo de billetes. Un gesto muy dramático, aunque muy solidario... sobre todo en esta época del año.

Keira pensó después que si no se hubiera tomado el brandy tal vez no le habría contado a la rubia toda la historia, pero las palabras empezaron a salirle de la boca y no podía detenerlas. Igual que las lágrimas que las precedían. Cuando la otra mujer abrió mucho los ojos al contarle que Matteo le dejó un fajo de billetes y se fue sin despedirse se dio cuenta de que algo había cambiado en el ambiente.

–¿Así que desapareció sin decir una palabra?

–Bueno, dejó una nota.

–¿Puedo verla?

Keira dejó el vaso de brandy con fuerza sobre la mesa.

–No.

Se hizo una breve pausa.

–Debe de ser muy rico para ir por ahí con seme-
jante cantidad de dinero –observó la rubia.

Keira se encogió de hombros.

–Y guapo, supongo.

Keira tragó saliva.

–¿Qué importa eso?

La rubia entornó sus ojos fuertemente maquilla-
dos.

–Los multimillonarios italianos guapos no suelen
pagar a las mujeres por tener sexo.

Escuchar a otra persona decirlo en voz alta hizo
que se sintiera un millón de veces peor, algo que
Keira no creía posible. Se levantó tambaleándose.

–Me... me voy a casa –susurró–. Por favor, olvida
lo que te he contado. Y... gracias por el brandy.

Se las arregló sin saber cómo para llegar sana y
salva a su pequeño estudio en el que no había ninguna
decoración navideña. Había estado tan ocupada que
ni siquiera compró un arbolito, pero ahora le parecía
la última de sus preocupaciones. Se dio cuenta de que
no había mirado los mensajes del móvil desde que volvió, y se encontró con un conciso mensaje de su tía
preguntándole a qué hora tenía pensado llegar el día
de Navidad y que no olvidara comprar el pudin.

¡El pudin! Ahora tendría que volver a lanzarse a las
tiendas. Keira cerró los ojos y se imaginó las desalen-
tadoras Navidades que tenía por delante. ¿Cómo iba a
superarlas con el vergonzoso secreto de lo que había
hecho?

Su móvil empezó a sonar y la pantalla mostró un
número desconocido. En un intento por distraerse con
la inevitable llamada comercial, Keira contestó diciendo «Hola». Se hizo una pausa muy breve antes de
que una voz masculina hablara.

–¿Keira?

Era una voz que no conocía hasta hacía muy poco, pero creía que aquel acento profundo y exquisito se le quedaría grabado en la memoria hasta el final de los tiempos. Profunda y aterciopelada, aquella voz se le deslizó por la piel igual que habían hecho sus dedos.

¡Matteo! Y a pesar de todo, del fajo de billetes, de la nota y del hecho de que se fuera sin despedirse, ¿fue una sacudida de esperanza lo que sintió su ingenuo corazón? Recordó su pelo revuelto y los ojos oscuros que brillaban de pasión cuando la miraban. El modo en que sus labios buscaban con avidez los suyos, y el momento de gloria en el que entró en ella por primera vez.

—¿Matteo?

Otra pausa. Y, si el silencio pudiera considerarse amenazador, ese desde luego lo era.

—Dime, ¿cuánto te ha pagado? —le preguntó.

—¿Pagarme? —Keira parpadeó confundida, pensando que el tema del dinero no era la mejor manera de iniciar una conversación, sobre todo después de lo ocurrido—. ¿De qué estás hablando?

—Acabo de recibir la llamada de una... periodista —escupió la palabra como si fuera veneno—, preguntándome si tenía por costumbre pagar a las mujeres por sexo.

La confusión de Keira se intensificó.

—No... —y entonces cayó en la cuenta y las mejillas se le tiñeron de rojo—. ¿Su nombre es Hester?

—O sea, que sí has hablado con ella —Matteo aspiró con fuerza el aire—. ¿Qué ha sido esto, Keira? ¿Has concertado una entrevista a toda prisa para ver qué más puedes sacar de mí?

—No tenía pensado hablar con ella... simplemente sucedió.

—¿De verdad?

–Sí, de verdad. Estaba enfadada por el dinero que me habías dejado –se defendió ella.

–¿Por qué? ¿No te ha parecido suficiente? –le espetó Matteo–. ¿Creíste que podrías conseguir todavía más?

Keira se dejó caer sobre la silla más cercana por temor a que le fallaran las temblorosas piernas.

–Eres un malnacido –susurró.

–Tu rabia no significa nada para mí –afirmó él con frialdad–. Porque tú no eres nada para mí. No estaba pensando con claridad. Nunca debí acostarme contigo, no es mi costumbre tener aventuras de una noche con desconocidas. Pero lo hecho, hecho está, y la culpa es mía.

Se hizo una pausa antes de que Matteo siguiera hablando, y ahora su voz tenía un tono duro e implacable.

–Le he dicho a tu amiga la periodista que si escribe una sola palabra sobre mí iré tras ella y acabaré con su periódico –continuó–. A mí no se me puede chantajear. Me he dejado llevar por la lujuria y he aprendido una lección que jamás olvidaré –se rio con amargura–. Así que adiós, Keira. Que tengas una buena vida.

Capítulo 5

Diez meses después

—Espero que el bebé no vaya a estar toda la comida llorando, Keira. Estaría bien poder comer en paz por una vez.

Keira acurrucó al pequeño Santino en sus brazos y asintió mientras sostenía la mirada acusadora de su tía. Habría llevado al niño a dar un paseo si aquel día de finales de octubre no fuera tan ventoso. O se lo habría llevado a dar un largo paseo en autobús para que se durmiera si no fuera tan pequeño. Pero estaba atrapada en la casa con una mujer que parecía decidida a encontrar fallos en todo lo que hacía, y estaba cansada. Muy cansada. Con un tipo de cansancio que parecía haberse instalado a vivir en sus huesos.

—Intentaré ponerlo a dormir antes de que nos sentemos a comer —anunció esperanzada.

Las comisuras de los labios de la tía Ida se contrajeron, enfatizando las marcas de descontento que le endurecían el delgado rostro.

—Eso sería una novedad. La pobre Shelley dice que no ha podido dormir una sola noche de un tirón desde que te mudaste aquí. Es un bebé muy inquieto, llora demasiado. Tal vez haya llegado el momento de que te replantees lo de la adopción.

Keira se mordió el labio inferior con fuerza mientras la palabra se le clavaba como una púa en la piel.

«Adopción».

Sintió náuseas, pero trató por todos los medios de no reaccionar mientras miraba fijamente el rostro de su hijo dormido. Sostuvo a Santino con más fuerza todavía y sintió un vuelco en el corazón de amor, diciéndose que debía ignorar los comentarios malignos y concentrarse en lo importante. Porque solo importaba una cosa, su hijo.

Todo lo que hacía era por él, se recordó con firmeza. Todo. No tenía sentido lamentar no haberse quedado con el dinero de Matteo, o atormentarse pensando en lo útil que le habría sido. En aquel entonces no sabía que estaba embarazada, ¿cómo iba a saberlo?, y ahora tenía que enfrentarse a la situación tal y como era y no como podría haber sido. Tenía que aceptar que había perdido el trabajo y la casa en una rápida sucesión de acontecimientos y que se vio obligada a aceptar la caridad de una mujer que siempre la había rechazado. ¿Qué otra opción tenían ella y Santino?

«Sabes perfectamente cuál», le espetó la omnipresente voz de su conciencia. Pero Keira la apartó de su mente. No podría haberle pedido ayuda a Matteo después de que la hubiera tratado casi como a una prostituta. Y le había dejado muy claro que no quería volver a verla.

—¿Has registrado ya el nacimiento del niño? —le preguntó la tía Ida.

—No, todavía no —dijo Keira—. Tengo que hacerlo dentro de las seis primeras semanas.

—Pues será mejor que te pongas a ello.

Keira esperó, consciente de que todavía había más. Su tía sonrió con malicia.

—Me estaba preguntando si vas a poner el apellido del misterioso padre en el certificado... o si eres como tu pobre madre y no sabes en realidad quién es.

La determinación de Keira de no reaccionar se esfumó. Temiendo decir algo de lo que más tarde podría arrepentirse, se dio la vuelta y salió del salón sin decir una palabra más, contenta de tener a Santino en brazos. En caso contrario habría agarrado uno de los espantosos adornos de porcelana de su tía y lo habría estrellado contra la pared. Podía tolerar las críticas dirigidas directamente a ella, pero no podía soportar escuchar el nombre de su madre mancillado de aquella manera.

La rabia había desaparecido cuando llegó a la minúscula habitación que compartía con Santino. Keira colocó cuidadosamente al bebé en la cuna y se lo quedó mirando. Tenía las pestañas muy largas y oscuras sobre la piel aceitunada, pero por una vez no fue capaz de disfrutar de su rostro inocente. Porque de pronto el miedo y la culpabilidad que la habían estado reconcomiendo por dentro hicieron erupción en una dolorosa certeza. No podía seguir así. Santino se merecía mucho más que una madre permanentemente agotada que tenía que andar de puntillas en una casa demasiado pequeña con gente que realmente no la apreciaba.

Cerró los ojos, consciente de que había alguien más que tampoco la apreciaba, pero que seguramente no levantaría el labio superior con gesto de desprecio cada vez que el bebé empezara a llorar. Porque también era hijo suyo. Y todos los padres querían a sus hijos, ¿verdad?

En su mente surgió la poderosa imagen de un hombre cuyo rostro podía recrear sin demasiado esfuerzo. Sabía lo que tenía que hacer. Algo en lo que pensaba cada día desde que nació Santino, y también en los nueve meses anteriores. Tenía muy claro que Matteo le había dicho que no quería volver a verla nunca.

Bueno, pues tal vez no le quedara más remedio que hacerlo.

Le temblaban los dedos al deslizarlos por la pantalla del móvil. Había guardado el número en la lista de contactos aunque la persona que llamó le colgó la última vez que hablaron.

Marcó el número con el corazón latiéndole con fuerza. Y esperó.

La lluvia golpeaba contra el parabrisas del coche y las ráfagas de hojas giraban como los pensamientos en la mente de Matteo mientras el chófer lo trasladaba en limusina por la estrecha carretera de las afueras. Mientras pasaban por delante de las casas exactamente iguales, trató de centrarse en lo que había descubierto durante la llamada de teléfono de una mujer a la que pensó que no volvería a ver jamás.

Era padre. Tenía un hijo.

El corazón le latió con fuerza. De un solo plumazo había conseguido exactamente lo que necesitaba, aunque no fuera necesariamente lo que quería, y ahora podía darle a su padre el nieto que ansiaba.

Matteo le pidió al chófer que se detuviera y trató de controlar las desconocidas emociones que le atravesaban el cuerpo. Y también la creciente ira que sentía por cómo le había ocultado Keira aquel secreto. ¿Cómo se atrevía a mantener a su hijo escondido y jugar a Dios con su futuro? Salió del coche y pisó el mojado pavimento con cara de pocos amigos. Una oleada de determinación lo atravesó al cerrar de un portazo. Ahora estaba ahí y arreglaría la situación... en su beneficio.

Conseguiría lo que quería costara lo que costara... y quería a su hijo.

No le había dicho a Keira que iba a ir. No quiso darle la oportunidad de esquivarle. Quería darle una sorpresa... tal y como había hecho ella. No darle tiempo a montar ninguna defensa. Si estaba desprevenida y vulnerable, eso seguramente le ayudaría en su decisión de llevarse a su legítimo heredero. Avanzó a toda prisa por el estrecho sendero y dio un par de toques fuertes a la pequeña aldaba con forma de cabeza de león. Instantes más tarde la puerta se abrió y apareció una mujer de pelo rizado y rostro duro.

−¿Sí? −preguntó con sequedad−. Si vende algo no queremos nada.

−Buenas tardes −dijo Matteo forzando una sonrisa−. No vendo nada. Me gustaría ver a Keira. Mi nombre es Matteo Valenti y soy el padre de su hijo.

La mujer contuvo la respiración y le examinó de los pies a la cabeza, fijándose en el abrigo de cachemira y los zapatos hechos a mano. Miró por detrás de su hombro y debió de ver el brillante coche negro aparcado de modo incongruente entre todos los turismos familiares.

−¿Usted? −murmuró−. No tenía ni idea de... tendré que ir a ver si quiere verle.

−No −la interrumpió Matteo resistiéndose al creciente deseo de colocar el pie en la puerta y entrar−. Voy a ver a Keira. Y a mi bebé. Y lo mejor será que lo hagamos con el menor jaleo posible.

La mujer vaciló y luego asintió con la cabeza, como si ella tampoco tuviera ningún interés en montar una escena en la puerta de su casa.

−Muy bien. Será mejor que pase −se aclaró la garganta−. Le diré a Keira que está usted aquí.

Le acompañó a una salita repleta de figuritas de porcelana, pero Matteo apenas prestó atención a lo que le rodeaba. Clavó los ojos en la puerta cuando se escuchó que se iba a abrir... y dejó escapar un largo suspiro de frustración y de incredulidad cuando Keira entró. Frustración porque estaba sola. E incredulidad porque apenas podía reconocer a la mujer con la que había compartido cama casi un año atrás. Aunque eso no afectó al poderoso tirón que sintió en la entrepierna.

El pelo corto y de punta había desaparecido, reemplazado por una oscura cortina de seda que le caía brillante sobre los hombros. Y su cuerpo. Matteo tragó saliva. ¿Qué diablos había pasado? Todos los ángulos magros habían desaparecido. De pronto tenía caderas, y también vientre y pechos. Parecía más suave, pensó, hasta que recordó que una mujer con la mínima suavidad no habría hecho lo que hizo ella.

—Matteo —lo saludó Keira con voz tensa.

Fue entonces cuando se fijó en su palidez y en las ojeras. En aquellos insondables ojos azules en los que creyó ver vulnerabilidad hasta que recordó lo que había hecho.

—El mismo que viste y calza —afirmó él con sequedad—. ¿Te alegras de verme?

—No te esperaba —Keira trató de sonreír, pero no lo consiguió—. No pensé que vendrías sin avisar.

—¿De veras? ¿Y qué creías que iba a suceder, Keira? ¿Que aceptaría la noticia que por fin has decidido contarme y esperaría tus instrucciones? —Matteo cruzó la salita y se acercó a la ventana. Un grupo de niños pequeños se había arremolinado alrededor de su limusina. Se giró y la miró a los ojos—. Tal vez confiaras en no tener que verme. Que fuera una figura en la sombra y me convirtiera en tu conveniente benefactor.

—¡Por supuesto que no!

—¿No? —A Matteo se le expandieron las fosas nasales—. Entonces, ¿por qué te has molestado en contarme lo de mi hijo? ¿Por qué ahora después de todos estos meses de secretismo?

Keira trató de no dar un respingo bajo su acusadora mirada. Ya era lo bastante difícil volver a verle y reconocer el exasperante hecho de que su cuerpo había empezado a derretirse automáticamente.

«No olvides las cosas que te dijo», se recordó a sí misma. Pero el recuerdo de sus hirientes palabras parecía haberse desvanecido, y en lo único que podía pensar era en que tenía delante al padre de Santino, y que estaba claro que de tal palo, tal astilla.

Porque allí estaba la versión adulta del bebé que acababa de acunar hasta que se durmió antes de que sonara la aldaba de la puerta. Santino era la viva imagen de su padre, con su piel aceitunada y el pelo oscuro. Incluso la matrona comentó cuando nació que su hijo iba a ser un rompecorazones de mayor. Keira tragó saliva. Igual que Matteo.

Sintió una incómoda oleada de deseo que no le gustó nada reconocer, ni tampoco el hecho de que sus sentidos parecían haber cobrado vida de pronto. El pelo y los ojos de Matteo parecían más negros de como los recordaba, y sus sensuales labios nunca habían sido tan irresistibles. Pero aquello era en lo último que debería estar pensando. Forzó una sonrisa educada.

—¿Quieres sentarte?

—No, no quiero sentarme. Quiero una respuesta a mi pregunta. ¿Por qué te has puesto en contacto conmigo para decirme que soy padre? ¿Por qué ahora?

Keira se sonrojó hasta el cuero cabelludo.

—Porque por ley tengo que registrar su nacimiento y eso me ha hecho pensar en la situación. Me he dado cuenta de que no puedo seguir viviendo así. Creí que podría, pero me equivoqué. Le estoy muy agradecida a mi tía por acogerme, pero esto es demasiado pequeño. En realidad no quieren que esté aquí y lo entiendo –lo miró a los ojos–. Y no quiero que Santino crezca en este ambiente.

«Santino».

Cuando dijo el nombre del niño, Matteo sintió una punzada de algo que no reconoció. Algo completamente ajeno a su experiencia. Lo sintió en la piel y en el repentino encogimiento del corazón.

–¿Santino? –repitió, preguntándose si no habría entendido mal. Se la quedó mirando con el ceño fruncido–. ¿Le has puesto un nombre italiano?

–Sí.

–¿Por qué?

–Porque cuando le miré supe que solo podría ponerle un nombre italiano –murmuró Keira mirándole con aquellos grandes ojos de color zafiro.

–¿Y sin embargo tu intención era negarle su legado y mantener su existencia en secreto para mí?

Ella tragó saliva.

–Dejaste muy claro que no querías volver a verme, Matteo.

–En ese momento no sabía que estabas embarazada –respondió él.

–¡Ni yo tampoco!

–Pero después lo supiste.

–Sí.

¿Cómo iba a explicarle la sensación de aislamiento que experimentó entonces? Todo le parecía irreal, el mundo era de pronto un lugar distinto. El director de la empresa de limusinas le dijo que no le parecía buena idea que siguiera conduciendo porque daba la impresión de que iba a vomitar cada vez que el coche pasaba por un bache. Y aunque Keira no tuvo náuseas ni una sola vez y sabía que por ley podía demandarle y seguir en su puesto, no tuvo la energía ni el dinero para poner una demanda.

Además, le daba terror que su jefe averiguara quién era el padre del hijo que esperaba, porque tener relaciones sexuales con un cliente era sin duda motivo de despido. Le ofreció volver a trabajar en el taller, pero Keira no quería meterse debajo de un coche a mancharse de aceite con el precioso bulto que crecía ahora en su interior. Finalmente aceptó trabajar en el mostrador de recepción, consciente de que con el sueldo que recibía no podría pagar una guardería tras dar a luz.

—Sí, después lo supe —dijo remarcando las palabras—. Igual que sabía que tenía que contarte que ibas a ser padre. Pero cada vez que agarraba el teléfono para llamarte algo me retenía. ¿No lo puedes entender?

—Sinceramente, no.

Ella le miró directamente a los ojos.

—¿Crees que las palabras tan crueles que me dijiste la última vez que hablamos no tienen importancia? ¿Que puedes decir lo que te venga en gana sin que eso haga daño o tenga consecuencias?

—No he venido aquí para discutir de lo que está bien o está mal respecto a tu secretismo —afirmó Matteo con voz seca—. He venido a ver a mi hijo.

—Está durmiendo.

—No le voy a despertar —aseguró él—. Me lo has denegado todo este tiempo y no vas a seguir denegándomelo. Quiero ver a mi hijo, Keira, y si tengo que buscar por toda la casa eso es exactamente lo que haré.

Era una exigencia que Keira no podía ignorar, y no solo porque no dudaba de que cumpliría su amenaza. Había visto cómo se le tensaron las facciones cuando ella mencionó al niño y una oleada de culpabilidad la atravesó. Porque ella mejor que nadie sabía lo que era crecer sin un padre. Conocía el vacío que eso dejaba, un vacío que nunca podía llenarse. Y, sin embargo, ella había sometido a su hijo a lo mismo.

—Ven conmigo —le dijo con voz ronca.

Matteo la siguió por la estrecha escalera. El corazón le latía con fuerza cuando llegaron a la minúscula habitación que compartía con Santino, y Keira contuvo el aliento cuando él se quedó paralizado un instante antes de avanzar hacia la cuna sin hacer ningún ruido. Luego se quedó en silencio durante un instante tan largo que empezó a ponerse nerviosa.

—¿Matteo?

Él no contestó. No pudo, porque sus pensamientos eran un caos. Miró al bebé esperando sentir la descarga instantánea de amor de la que hablaba la gente cuando uno miraba por primera vez a su hijo, pero no pasó nada. Se quedó mirando las largas y oscuras pestañas que llegaban hasta las mejillas del bebé y el pelo negro. Tenía las manitas apretadas y Matteo se inclinó para contarle los dedos, asintiendo con satisfacción al comprobar que los tenía todos. Sentía como si se estuviera observando a sí mismo y a su reacción desde la distancia, y se dio cuenta de que lo que sentía era instinto de posesión, no amor. La sensación de que aquel ser le pertenecía de un modo único.

Su hijo. Tragó saliva. «Su hijo».

Esperó un instante antes de girarse hacia Keira. Vio cómo sus ojos azul oscuro se abrían de par en par, como si hubiera visto en su rostro algo que hubiera preferido no ver.

—Has estado jugando a ser Dios al mantenerlo alejado de mí —murmuró.

Ella le miró desafiante

—Tú me pagaste por sexo.

–No te pagué por sexo –respondió Matteo apretando los dientes–. Te expliqué mis motivos en la nota. Me hablaste de un lujo al que no estabas acostumbrada y se me ocurrió hacerlo posible. ¿Tan mal estuvo eso?

–¡Sabes muy bien que sí! –le espetó ella–. Porque dejarme dinero en metálico fue ofensivo. Cualquier hombre lo sabe.

–¿Es esa la razón por la que intentaste venderle tu historia a la periodista, porque estabas ofendida?

–No le vendí mi historia a nadie –respondió Keira–. ¿Es que no entiendes lo que fue para mí? Era la primera vez que tenía relaciones sexuales, me despierto y tú te has ido dejándome ese maldito fajo de billetes. Entré en una tienda solidaria para librarme del dinero porque me sentía... bueno, me sentía sucia.

Matteo se quedó muy quieto.

–¿Lo regalaste?

–Sí, lo doné a una buena causa. Para una asociación de niños adoptados. En aquel momento no sabía que estaba embarazada y que el dinero me vendría bien a mí. Dio la casualidad de que la periodista estaba en la tienda y me oyó... y por supuesto se sintió interesada. Me invitó a beber algo y yo no había comido nada en todo el día y... –Keira se encogió de hombros–. Supongo que hablé más de la cuenta.

Matteo entornó los ojos. Si su historia era verdad significaba que no había intentado sacar provecho de su breve relación. Pero aunque fuera cierto, ¿cambiaba algo en realidad? Él estaba allí porque Keira tenía la espalda contra la pared y ninguna otra opción. Deslizó la mirada por sus vaqueros desgastados y la ancha sudadera. Y aquella era la madre de su hijo, pensó curvando los labios con desprecio.

Abrió la boca para hablar, pero Santino eligió

aquel momento para empezar a lloriquear y Keira se acercó a la cuna para tomarlo en brazos, susurrándole al oído y acunándolo hasta que volvió a quedarse quieto. Giró la cabeza y miró a Matteo directamente a los ojos.

—¿Te gustaría... tomarlo en brazos?

Matteo se quedó muy quieto. Sabía que debería apetecerle, pero aunque lo pensaba no podía sentirlo. En el lugar donde debería estar su corazón solo había un bulto congelado y cuando miró a su hijo no pudo cambiar aquella extraña sensación de desapego.

Su falta de empatía emocional no le había importado nunca con anterioridad, solo se quejaban de ella sus frustradas amantes y eso no fue nunca razón suficiente para cambiar o ni siquiera para querer hacerlo. Pero ahora sentía como si se hubiera adentrado en arenas movedizas. Como si todo escapara a su control.

Y necesitaba tener el control, como siempre.

Por supuesto que sostendría a su hijo en brazos cuando su mente se hiciera a la idea de que tenía un hijo. Pero sería en condiciones favorables para los dos, no en una habitación minúscula de una casa desconocida con Keira observándole con aquellos grandes ojos azules.

—Ahora no —respondió con brusquedad—. No hay tiempo. Tienes que hacer la maleta mientras yo aviso y preparo vuestro viaje a Italia.

—¿Qué?

—Ya me has oído. Santino no se va a quedar aquí. Y como los niños necesitan a su madre, entonces supongo que tú tendrás que venir también.

—¿De qué estás hablando? —Keira estrechó al bebé contra su pecho—. Sé que esto no es perfecto, pero no puedo irme sin más, sin tener nada planeado. ¡No podemos marcharnos a Italia sin más!

–No puedes hacer una llamada pidiendo ayuda y luego rechazar esa ayuda cuando se te ofrece. Me llamaste y ahora tienes que aceptar las consecuencias –añadió sombrío–. Me has insinuado que el ambiente aquí es intolerable, así que te estoy ofreciendo una alternativa. La única razonable.

Matteo sacó el móvil del bolsillo de su abrigo de lana y bajó por la pantalla para ver los números.

–Para empezar, necesitas una niñera para que te ayude.

–No necesito ninguna niñera –le contradijo Keira–. Las mujeres como yo no tienen niñera. Cuidan de sus hijos ellas mismas.

–¿Te has mirado recientemente al espejo?

Aquello era un golpe bajo para alguien que estaba tan sensible, y Keira se sonrojó una vez más.

–¡Siento no haber tenido tiempo de pintarme como una puerta y ponerme un vestido de cóctel!

Matteo sacudió la cabeza.

–No me refería a eso. Parece que no has tenido una noche decente de sueño desde hace semanas, y te estoy dando la posibilidad de descansar un poco –hizo un esfuerzo por mostrarse amable con ella aunque su instinto fuera conseguir siempre lo que quería sin concesiones–. Hay dos maneras de hacer esto: puedes pelearte conmigo o puedes sacar el mejor partido a la situación y venir de buena gana –apretó los labios–. Pero, si eliges la primera opción, será inútil porque quiero esto, Keira. Lo quiero de verdad. Y, cuando quiero algo, normalmente lo consigo. ¿Me crees?

Una expresión de terquedad cruzó unos instantes por el rostro de Keira antes de que asintiera a regañadientes.

–Sí –gruñó de mala gana–. Te creo.

–Entonces haz las maletas con lo que necesites, yo

te espero abajo –se dio la vuelta, pero el sonido de la voz de Keira le detuvo.

–¿Y qué pasará cuando estemos allí, Matteo? –susurró ella–. ¿Con Santino? –se hizo una breve pausa–. ¿Con nosotros?

Matteo no se dio la vuelta. No quería mirarla en aquel momento ni decirle que no pensaba que hubiera un «nosotros».

–No tengo una bola de cristal –murmuró–. Tendremos que ir viéndolo. Haz las maletas.

Matteo bajó las escaleras, y a pesar de decirse que aquello no era más que un problema que necesitaba resolver, no pudo hacer nada respecto a la repentina punzada que sintió en el corazón. Pero los muchos años de práctica consiguieron que se recuperara antes de llegar al descansillo, y cuando salió a la lluvia su rostro estaba tan duro como el granito.

Capítulo 6

LA DORADA luz del sol bailaba sobre sus pár-
pados cerrados y le calentaba la piel mientras
Keira descansaba en una cómoda tumbona.
Los únicos sonidos que se escuchaban eran los trinos
de los pájaros y el zumbido de las abejas, y el canto de
un gallo a lo lejos... aunque era más de mediodía. Le
resultaba difícil creer que hubiera dejado atrás el llu-
vioso otoño inglés para llegar a un país donde todavía
hacía buen tiempo como para estar fuera en octubre.
Y más difícil de creer todavía que estuvieran en la
finca de Umbría de Matteo Valenti con sus acres de
olivares, viñedos premiados y unas vistas impresio-
nantes del lago y las montañas.

Cuando estaban en su jet privado le avisó de que
iba a llevarlos allí, a su casa de vacaciones, para que se
aclimatasen antes de presentarle su vida real en Roma.
Keira no entendió muy bien qué quiso decir con aquello, pero estaba demasiado cansada como para poner
ninguna objeción. Llevaba allí una semana y se había
pasado la mayor parte del tiempo dormida o asegu-
rándose de que Santino estuviera bien. Se sentía como
si la hubieran trasplantado a un balneario de lujo escondido en un entorno campestre, con un montón de
personas trabajando en silencio al fondo para conseguir que la hacienda funcionara sin problemas.

Al principio estaba demasiado preocupada por los
aspectos prácticos de acomodarse allí con el bebé

como para pensar en las repercusiones emocionales de su estancia allí. Le preocupaban cosas pequeñas, como pensar en cómo iba a reaccionar Matteo cuando descubriera que no le estaba dando el pecho a Santino. Tal vez la juzgaría mal, como parecía hacer el mundo entero si una mujer no podía dar el pecho. Por eso tuvo aquel arrebato de franqueza y le contó lo enferma que estuvo después de dar a luz, lo que significaba que no podía darle el pecho al niño. A Keira le pareció ver que sus facciones de granito se suavizaban antes de regresar a su habitual e implacable máscara.

—Así será más fácil para la niñera —murmuró Matteo encogiéndose de hombros.

Keira no podía entender que fuera tan frío. Aunque tenía razón. Porque a pesar de su resistencia inicial, ahora agradecía mucho tener a la niñera que habían contratado. El día después de su llegada, Matteo le presentó a tres candidatas para que las entrevistara, profesionales de primera que además hablaban también su idioma. Tras hacerles un millón de preguntas, pero sobre todo tras ver cómo interactuaban con el bebé, Keira escogió a Claudia, una mujer serena de treinta y pico años en la que confiaba de modo intuitivo.

Eso significaba que Keira tenía lo mejor de ser madre: podía acunar y bañar a su adorable hijo mientras que Claudia se ocupaba de darle el biberón de las tres de la mañana. Así podía recuperar el sueño que tanto necesitaba.

—Estás sonriendo —dijo una voz profunda por encima de ella mientras una sombra le tapaba de pronto el sol.

Keira se protegió los ojos con el dorso de la mano y vio a Matteo cerniéndose sobre ella. La sonrisa se le borró al instante. Sintió que se le aceleraba el corazón y el familiar y suave tirón de la base del vientre. Maldijo en silencio la instintiva reacción de su cuerpo. Porque al recuperar las fuerzas había recuperado también el deseo por Matteo.

Sus caminos no se cruzaban mucho porque él pasaba mucho tiempo trabajando en un lugar distante del enorme caserón. Era como si Matteo hubiera marcado de manera inconsciente distintos territorios para ellos con claras líneas que no se podían cruzar. Pero lo que notaba sobre todo era que se mantenía alejado del cuarto de Santino con la excusa de que su hijo necesitaba asentarse antes de acostumbrarse a tanta gente nueva. Sonaba a eso, a excusa. Una razón para no tocar al hijo que tanto había insistido en que estuviera allí.

—Ahora me doy cuenta de que pocas veces te veo sonreír —observó Matteo, que seguía mirándola.

—Tal vez se deba a que apenas nos vemos —respondió ella poniéndose las gafas de sol que tenía en la cabeza para ocultar así su expresión—. Y mira quién fue a hablar. No eres precisamente de los que van por ahí con una sonrisa de oreja a oreja, ¿verdad?

—Tal vez nuestro inminente viaje a Roma nos haga sonreír a los dos —sugirió él.

Ah, sí, el viaje a Roma. Keira sintió una punzada de ansiedad y se humedeció los labios.

—Quería hablar de eso contigo. ¿De verdad tenemos que ir?

Con un movimiento que marcó el saliente de sus estrechas caderas, Matteo se apoyó contra el muro del caserón.

—Ya hemos hablado de esto, Keira. Tienes que ver el otro lado de mi vida, no solo este idílico rincón rural. Y mi vida está básicamente en Roma.

—¿Y dónde está la diferencia?

—Es una ciudad grande y mucho menos relajada que esto. Cuando estoy allí voy a restaurantes y teatros. Tengo amigos allí, me invitan a fiestas... y te llevaré conmigo porque eres la madre de mi hijo.

Keira se sentó en la tumbona. El corazón le latía con fuerza contra la caja torácica por la ansiedad.

—¿Para qué? ¿Por qué no me dejas como telón de fondo y te concentras en crear una relación con tu hijo?

—Creo que tenemos que examinar todas las posibilidades —afirmó Matteo con cautela—. Y la primera es sopesar si podemos tener algún tipo de vida en común —alzó las cejas—. Eso facilitaría mucho las cosas.

—Y lo que estás diciendo es que en mi actual estado te dejaría mal, ¿verdad?

Matteo encogió sus anchos hombros con una despreocupación que no resultaba muy convincente.

—Creo que los dos somos conscientes de que no tienes un guardarropa adecuado para ese estilo de vida. No puedes ir todo el tiempo en vaqueros.

Keira se levantó de la tumbona y se quedó mirando fijamente sus hermosas facciones.

—Pues no me lleves contigo —afirmó desafiante—. Tú vete a esas fiestas elegantes y a mí déjame en casa para que cuide de Santino con mis vaqueros.

Un amago de sonrisa asomó a las comisuras de los labios de Matteo, pero desapareció casi al instante.

—Me temo que eso no es una opción —murmuró—. Vas a tener que conocer gente. No solo a mis amigos y a la gente con la que trabajo, sino también a mi padre y a su mujer en algún momento. Y a mi hermanastro.

Matteo torció el gesto antes de clavar en ella su mirada de ébano.

—Con el aspecto que tienes ahora no encajarías. En

ningún lado —continuó con brutalidad—. Y la gente empezaría a murmurar si te comportas como una especie de ermitaña, y eso no te facilitaría las cosas. Aparte de todo, tenemos que aprender algo más el uno del otro —Matteo vaciló—. Somos padres y tenemos que pensar en el futuro. Hay que hablar de las opciones que tenemos, y eso no será posible si seguimos siendo unos desconocidos el uno para el otro.

—No te has molestado en acercarte a mí desde que llegamos —dijo Keira con tono pausado—. Has estado guardando las distancias, ¿verdad?

—¿Y puedes culparme por ello? Cuando llegaste estabas exhausta —volvió a clavar la mirada en ella—. Pero ahora pareces una persona diferente.

Keira estaba sorprendida por el modo en que su cuerpo respondía al lento escrutinio y se preguntó cómo era posible que le hiciera sentir tantas cosas distintas con solo mirarla. Y dadas las circunstancias, ¿no debería protegerse del persuasivo poder que ejercía sobre ella en lugar de ir con él a un viaje de falsa intimidad a Roma?

—Te dije que no quería dejar al niño —afirmó con obstinación.

—¿Quieres que parezca un tirano cruel que intenta apartarte de tu hijo?

—Es muy pequeño... pero eso tú no lo sabes, claro —Keira hizo una pausa y alzó la barbilla—. Apenas te acercas a él.

Matteo reconoció el inconfundible tono de desafío en su voz y sintió un escalofrío en la piel a pesar del calor de aquel día de octubre. Qué valor por su parte reprocharle su actitud cuando su comportamiento no había sido precisamente ejemplar. Al ocultarle la existencia de Santino no había tenido tiempo de hacerse a la idea de que iba a ser padre.

Y, sin embargo, su comentario sobre su falta de interactuación con su hijo le afectó porque era cierto. Mantenía las distancias con Santino diciéndose que ese tipo de cosas debían llevarse con calma y que necesitaban tiempo. Y Keira no tenía derecho a reclamarle nada, pensó con amargura. Haría las cosas según sus planes, no los de ella.

—Roma no está lejos —dijo con frialdad—. Está exactamente a doscientos kilómetros. Podemos estar de regreso aquí en una hora y media si fuera necesario. Saldremos mañana a las diez y volveremos al día siguiente temprano. Menos de veinticuatro horas en la ciudad eterna —se rio sin ganas—. ¿Acaso a las mujeres no les encanta la idea de tener un presupuesto ilimitado para comprar ropa?

—A algunas mujeres tal vez —contestó ella—. A mí no.

Pero la obstinación de Keira era algo más que su determinación de no convertirse en la muñeca de un hombre rico. No sabía nada sobre moda, y le asustaba la idea de lo que se esperaba de ella vistiendo. El miedo se convirtió de pronto en desafío y miró a Matteo.

—Eres el hombre más dominante que he conocido en mi vida —afirmó echándose la melena hacia atrás.

—Y tú la mujer más difícil con la que me he cruzado —respondió él—. Podrías al menos mostrar un poco de agradecimiento de vez en cuando.

¿Gratitud por su prepotencia y por hacerle sentir cosas que preferiría no sentir? Keira sacudió la cabeza con frustración.

—Estaré lista a las diez —dijo. Y se fue a buscar a Santino.

Colocó al bebé en el cochecito nuevo que le habían comprado para darle una vuelta por la finca. Se dio

cuenta poco a poco de que el tiempo había cambiado.
El aire estaba más pesado y unas nubes gruesas co-
menzaban a apiñarse en el horizonte. Cuando regresa-
ron al caserón, Santino tardó más de lo habitual en
dormirse y Keira se sintió algo incómoda cuando Paola,
el ama de llaves, fue a preguntarle si cenaría con el
señor Valenti aquella noche.

Era la primera vez que recibía una invitación así, y
Keira vaciló un instante antes de declinarla. Hasta el
momento había cenado sola o con Claudia, y no veía
razón para cambiar aquella rutina. Iba a tener que
hablar con Matteo obligatoriamente cuando estuvieran en Roma, así que ¿por qué gastar conversación
durante una cena que sin duda resultaría incómoda y
tensa?

Abanicándose la cara con la mano, Keira se dirigió
a darse una ducha antes de meterse en la cama, pero
después sentía la piel viscosa a pesar de haberse se-
cado bien con la toalla. Miró el cielo y vio a lo lejos
el destello de los relámpagos a través de la gruesa cortina de nubes. Cerró las persianas y se cepilló el pelo
antes de meterse en la cama, pero no logró dormirse.
Deseó que aquellos truenos ocasionales dejaran caer
una lluvia que rompiera un poco la tensión de la atmósfera. Estaba empezando a adormilarse cuando su
deseo se hizo realidad. El fuerte sonido de un trueno
retumbó por toda la habitación y la hizo incorporarse
de un salto. Se escuchó un ruido silbante y la lluvia
empezó a caer a cántaros al otro lado de la ventana.
Keira se levantó y corrió al cuarto de Santino, pero,
para su sorpresa, el niño estaba profundamente dormido.

¿Cómo lo haría?, pensó con envidia. Se sentía más
despierta todavía que antes. Suspiró y volvió a la
cama. El tiempo pasaba y en lo único que podía pen-

sar era en el mal aspecto que tendría a la mañana siguiente, con ojeras. Otro trueno hizo que decidiera que le iría bien tomar algo caliente. Y en la cocina había un gran surtido de tés de hierbas.

Keira bajó por las escaleras hacia la cocina con su enorme y antiguo fogón y sus filas de cazuelas de brillante cobre colgando. Encendió una luz y pensó, y no por primera vez, en lo hogareña que era.

Se acababa de terminar una taza de manzanilla cuando oyó un ruido a su espalda y dio un respingo. El corazón le latía tan fuerte como la lluvia cuando se giró y vio a Matteo de pie en el umbral de la puerta. Iba vestido únicamente con unos vaqueros desteñidos que le colgaban de un modo casi indecente de las caderas. No sonreía, pero sus ojos negros como el carbón desprendían un brillo que hizo que Keira empezara a temblar de manera incontrolada y los pezones se le endurecieran bajo el camisón.

Capítulo 7

LAS PAREDES parecían cernirse sobre ella, y Keira fue dolorosamente consciente de pronto de que estaba sola en la cocina con un Matteo medio desnudo mientras que fuera se oía el aullido de la lluvia golpeando contra las ventanas cerradas.

Dejó la taza sobre la encimera con mano temblorosa. La mirada se le iba hacia los vaqueros de Matteo. Debía de habérselos puesto a toda prisa porque el botón superior estaba desabrochado y mostraba una línea de vello oscuro que apuntaba hacia abajo como una tentadora flecha. Una luz suave bañaba su brillante torso desnudo, enfatizándole los abdominales y los anchos hombros.

Keira se dio cuenta sobresaltada de que nunca antes le había visto el torso desnudo... o al menos no se había fijado. Estaba tan impactada durante el sexo que sus ojos no fueron capaces de centrarse en nada más. Pero ahora podía verlo en todo su esplendor... un esplendor moreno y de una belleza asombrosa. Y a pesar de las cosas que había entre ellos, a pesar de que aquella tarde se habían estado lanzando mordiscos como cocodrilos, sintió cómo respondía a su presencia.

Los pezones se le endurecieron todavía más bajo el camisón y sentía los senos pesados. Notó un tirón cálido en la entrepierna, y la sensación fue tan intensa que tuvo que cambiar el peso de un lado del cuerpo al otro por la incomodidad. Abrió la boca para decir algo, pero no le salió ninguna palabra.

Matteo se la quedó mirando con una extraña sonrisa burlona en los labios, como si supiera exactamente lo que le estaba pasando.

—¿Qué ocurre, Keira? —le preguntó con suavidad—. ¿No puedes dormir?

Ella se esforzó por dar con la respuesta adecuada. Por comportarse como lo habría hecho cualquiera en sus circunstancias.

Como una mujer que se estuviera tomando una manzanilla sin desear que él le pusiera la mano entre las piernas para detener aquel tremendo deseo.

—No, no puedo. La maldita tormenta no me deja —forzó una sonrisa—. Y parece que a ti tampoco.

—Oí ruido en la cocina y vine a investigar —Matteo miró la taza vacía—. ¿Funciona lo del té?

Keira pensó en fingir, pero ¿qué sentido tendría?

—La verdad es que no —reconoció mientras el ruido de otro trueno resonaba por la estancia—. Sigo completamente despierta y seguramente vaya a quedarme así hasta que termine la tormenta.

Se hizo una pausa durante la que la mirada de Matteo se deslizó por ella y pensó en lo pálida que estaba allí de pie con el camisón rozándole los muslos desnudos y el cabello cayéndole como seda negra sobre los hombros. Estaba descalza y parecía muy menuda, una tentadora mezcla de vulnerabilidad y promesa, y le resultó lo más potente que había experimentado nunca,

Sabía que estaba tratando de resistirse a él, y sin embargo la mirada de sus ojos le daba a entender que lo estaba pasando tan mal como él. Sabía lo que iba a hacer porque ya no podía seguir retrasándolo más. Y aunque la voz de la conciencia le hablaba fuerte y claro, no le hizo caso. Keira necesitaba relajarse un poco... por el bien de todos.

—Tal vez deberías probar una pequeña técnica de distracción —le sugirió.

Ella entornó los ojos.

—¿Haciendo qué?

—Ven a ver las vistas desde mi estudio —le sugirió él con tono indiferente—. Es espectacular en todo momento, pero cuando hay tormenta es impresionante.

Keira vaciló un instante porque sentía como si la estuviera invitando a la guarida del león, pero cualquier cosa sería mejor que estar ahí de pie sintiéndose completamente fuera de lugar. ¿Qué otra cosa iba a hacer, volver a la cama y tumbarse allí sintiendo lástima de sí misma? Y al día siguiente partían a Roma. Tal vez debería bajar un poco la guardia. Tal vez deberían empezar a intentar ser amigos.

—Claro —dijo encogiéndose de hombros—. ¿Por qué no?

El estudio de Matteo estaba en la otra ala de la casa. Keira le siguió hasta la sala forrada de libros. La melancolía se le borró al instante al ver el espectáculo de luz que estaba teniendo lugar al otro lado de la ventana. Se quedó boquiabierta mientras observaba el cielo completamente iluminado por una luz cegadora que cubría las líneas oscuras de las montañas. Cada brillante destello se reflejaba en el distante lago, así que el efecto dramático de lo que estaba viendo se duplicaba.

—Es... impresionante —jadeó.

—¿Verdad?

Matteo se había colocado a su lado, tan cerca que casi tocaba a Keira. Ella contuvo el aliento. Deseaba que la tocara. Rezaba para que la tocara. ¿Lo sabría Matteo? ¿Sería esa la razón por la que le deslizó las manos por los hombros y empezó a masajearle los tensos y agarrotados músculos?

Alzó la mirada y se encontró con el duro brillo de sus ojos, asombrada al ver el deseo reflejado en su expresión.

—¿Quieres que paremos esto ahora mismo, Keira? —murmuró Matteo—. Porque los dos sabemos que la maldita tormenta no tiene nada que ver con nuestra incapacidad para dormir. Es el deseo. Dos personas tumbadas en sus solitarias camas deseando tocarse la una a la otra.

Matteo le deslizó las manos por los antebrazos, y Keira se dijo que debía escapar al refugio de su dormitorio. Pero su cuerpo se negaba obstinadamente a obedecer. En lo único en lo que podía centrarse era en sus labios y en lo mucho que le gustaba que la tocara así. Nunca había estado en una habitación iluminada por una tormenta con un hombre medio desnudo, completamente desnuda ella bajo el camisón.

Y, sin embargo, sabía perfectamente lo que iba a suceder a continuación. Podía sentirlo. Olerlo. Casi podía saborear el deseo que bombardeaba sus sentidos y provocaba que el corazón le latiera por encima del fuerte ruido de la lluvia.

—¿No es así? —Matteo siguió acariciándole el pelo para apartárselo de la cara mientras le deslizaba el pulgar por los temblorosos labios—. Quieres que te bese, ¿verdad, Keira? Lo deseas con toda tu alma.

A Keira le molestó la arrogancia de su afirmación... pero no lo suficiente para negar la verdad que encerraba.

—Sí —reconoció—. Sí, lo deseo.

Matteo se puso tenso. El susurrado asentimiento afiló su ya ferviente deseo, y la atrajo hacia su cuerpo para deslizar la boca sobre la suya.

Y... oh, qué bien sabía. Mejor que bien. Mejor de lo que recordaba... pero tal vez fuera porque los besos de Keira se le habían quedado en la memoria más tiempo del que deberían. Trató de ir más despacio, pero su habitual paciencia lo abandonó mientras sus manos empezaban a redescubrir su cuerpo pequeño y compacto. Antes era increíblemente esbelta, recordaba sus estrechas caderas y los marcados huesos de la caja torácica. Pero ahora esos huesos habían desaparecido bajo una capa de carne nueva suave y tentadora.

Keira echó la cabeza hacia atrás mientras él le subía el camisón, deslizando las manos bajo el algodón hasta que le desnudó un seno. Matteo bajó la cabeza para tomar un erecto pezón entre los labios y sintió cómo ella le clavaba los dedos en los hombros desnudos mientras le mordisqueaba la sensible areola. Ya se sentía como si estuviera a punto de estallar... como si fuera a morirse si no la penetraba rápidamente. ¿Aquel deseo tan intenso y tan primitivo se debería a que había llevado a su hijo dentro? ¿Por eso le temblaban así las manos?

–¿Sabes cuánto tiempo llevo deseando hacer esto? –le susurró deslizando las manos entre sus senos y acariciando su sedosa piel–. Cada segundo de cada día.

La respuesta de Keira fue un gemido contenido contra su boca.

–¿Por eso te has mantenido alejado de mí?

–Exactamente por eso –Matteo dejó que sus dedos descendieran por su vientre y la escuchó contener el aliento mientras bajaba más–. Tenías que descansar y yo quería ser un caballero –gimió.

–¿Y por qué...? ¡Oh! –sus palabras se desvanecieron cuando le deslizó una mano entre las piernas, acariciando la suave nube de vello para encontrar su calor.

–¿Qué decías? –jadeó Matteo humedeciendo los dedos en sus suaves y húmedos pliegues antes de empezar a acariciar el pequeño nudo de nervios que ya estaba de lo más tenso.

Sintió cómo se estremecía.

–Matteo, esto es... es...

Él sabía exactamente lo que era. La estaba excitando hacia un estado en el que iba a alcanzar el éxtasis en cualquier momento, y aunque a él le excitara descubrir lo cerca del clímax que estaba, también provocaba que su propia frustración estuviera a punto de estallar. Con un cuidado necesario que desafiaba su hambrienta impaciencia, Matteo se bajó la cremallera de los vaqueros por la erección, suspirando aliviado cuando la liberó. Los vaqueros le rodearon los tobillos, pero no le importó. Sabía que el decoro le dictaba que se los quitara del todo, pero no pudo. No podía esperar ni un segundo más.

La empujó con impaciencia contra el escritorio, apartando el ordenador y los papeles con una precipitación impropia de él. En el momento en que la húmeda punta de su pene la rozó, Keira pareció volverse loca y se le agarró ansiosamente a la espalda. Matteo necesitó de toda su concentración para apartarse. En medio de la perturbadora nube de deseo, recordó el preservativo que tenía en un cajón del escritorio, y cuando se lo puso estaba tan excitado como un adolescente.

Keira estaba tumbada sobre el escritorio con los brazos extendidos indolentemente sobre la cabeza cuando él se inclinó para iniciar la primera embestida en su cuerpo. Y esa vez no hubo dolor ni vacilación. Esa vez solo hubo un grito de placer cuando la llenó. Matteo la penetró con más fuerza y luego la cabalgó, y ni siquiera el sonido de algo que cayó del escritorio le hizo detener su ritmo. O tal vez fuera otro trueno fuera. ¿A quién le importaba? La montó hasta que Keira alcanzó el orgasmo, sus frenéticas convulsiones empezaron unos segundos antes que las suyas, de modo que se movieron al unísono antes de que su desgarrado gruñido anunciara el fin y se derrumbara sobre ella.

Matteo no dijo nada al principio, no quería destruir aquella paz a la que tan poco estaba acostumbrado mientras escuchaba cómo se le iba calmando el corazón. Se sentía exhausto. Como si Keira le hubiera dejado seco. Podría haberse quedado dormido allí mismo a pesar de la dureza de la superficie. Hizo un esfuerzo por abrir los ojos y fijarse en lo que le rodeaba. ¿Y si les descubría allí alguno de los miembros del servicio? Ya estaban bastante sorprendidos de que no solo hubiera llevado a una mujer, sino que además tuviera un hijo.

Un hijo al que apenas había visto.

La culpabilidad le formó un nudo de hielo en el pecho, y aquello bastó para acabar con su letargo. Quitó los brazos de Keira de su espalda y se apartó del escritorio, agachándose para ponerse los vaqueros y subirse la cremallera. Fue entonces cuando la miró. Estaba allí tumbada con los ojos cerrados en medio del desorden del escritorio. Se le había subido el camisón de algodón y ahora dejaba al descubierto sus preciosos senos. Tenía las piernas dobladas en un indiferente abandono, y el excitante brillo que asomaba entre las piernas abiertas estaba provocándole una nueva erección... pero se resistió diciéndose que debía empezar a tomar el control. Ya conocería mejor a su hijo con el tiempo, pero por ahora su propósito principal era asegurarse de que Santino formara parte de su vida, y para eso necesitaba tener a Keira de su parte.

¿Acaso su poderosa química sexual no jugaría a su favor? Podría ser una moneda de cambio tan poderosa como su riqueza. Podría tentarla con una prueba de lo que podría ser suyo si se mostraba razonable. Porque Keira era impredecible. Era orgullosa y obstinada a pesar de haber dependido de la caridad de otros durante la mayor parte de su vida. Y Matteo no estaba para nada convencido de que accediera a sus deseos. Así que tal vez había llegado el momento de recordarle quién estaba al mando. Se inclinó y la levantó entre sus brazos, acunándola contra el pecho mientras ella abría los ojos.

—¿Qué estás haciendo? —preguntó adormilada.

—Llevarte a la cama.

Keira bostezó.

—¿No podemos quedarnos aquí?

Matteo sacudió con fuerza la cabeza.

—No.

Keira volvió a cerrar los ojos. Quería capturar aquel momento para siempre, era una sensación que iba mucho más allá de la satisfacción sexual por muy impresionante que hubiera sido. Se había sentido tan cerca de Matteo cuando estuvo dentro de ella... aterradoramente cerca, casi como si fueran dos partes de la misma persona. ¿Lo habría sentido él también? El corazón le dio un pequeño vuelco de esperanza. ¿No podrían de alguna manera conseguir que aquello funcionara a pesar de todo lo ocurrido?

Keira apoyó la cabeza sobre su cálido pecho y dejó que la trasladara por la casa hacia su cuarto sin detenerse hasta que retiró la colcha y la depositó suavemente en el centro de la suave cama. Le dio un vuelco el corazón al mirar su torso brillante y los poderosos muslos. Lo miró esperanzada. ¿Iba a quitarse los vaqueros y a meterse en la cama con ella para que pudiera acurrucarse en su pecho tal y como deseaba desesperadamente hacer?

Observó cómo Matteo deslizaba sobre ella aquella inconfundible mirada de ébano. Y esperó, porque sin duda tenía que ser él quien le pidiera permiso para quedarse, ¿verdad? No sabía mucho sobre etiqueta de dormitorio, pero el instinto le decía que era así. Era consciente de que se había mostrado demasiado suelta antes, y había llegado el momento de demostrarle al italiano que iba a tener que trabajárselo un poco más esa vez.

—¿Y bien? —Keira le miró con lo que confiaba fuera una sonrisa de bienvenida.

—Eso está mejor. No sonríes lo suficiente —Matteo le deslizó un dedo por las comisuras de los labios cuando se inclinó sobre ella—. Todo el mal humor de esta tarde ha desaparecido de la manera más placentera posible. ¿Era esto lo que necesitabas, Keira?

Ella tardó unos instantes en comprender lo que estaba queriendo decir, y cuando lo hizo no daba crédito a sus oídos. Una poderosa oleada de dolor la atravesó. ¿De eso se había tratado? ¿Matteo le había hecho el amor para calmar sus inquietas emociones y hacerla más dócil, como si él fuera una especie de calmante humano?

Apretó los puños con fuerza y sintió el deseo de preguntarle cómo podía vivir consigo mismo teniendo la sangre tan fría. Pero hizo un esfuerzo por permanecer en silencio porque era la única manera de agarrarse a lo poco que le quedaba de orgullo. ¿Por qué darle la satisfacción de saber que la había herido? Si Matteo iba a actuar de un modo tan insensible, ella también. ¿Y por qué le sorprendía tanto su insensible comportamiento si no había mostrado ni una pizca de preocupación por su propio hijo? Matteo Valenti no era más que un malnacido manipulador y frío, y más le valía no olvidarlo.

Keira se subió la sábana hasta la barbilla y cerró los ojos.

—Estoy cansada, Matteo —murmuró—. ¿Te importa apagar la luz al salir?

Y entonces, fingiendo deliberadamente un bostezo, le dio la espalda.

Capítulo 8

KEIRA no le dijo ni una palabra a Matteo al día siguiente hasta que estuvieron a medio camino de Roma y su poderoso coche había cubierto muchos kilómetros. La tormenta había despejado el aire y el día amaneció con un límpido cielo azul. Pero la atmósfera dentro del coche era pesada y estaba cargada de tensión. Todavía sentía la dolorosa punzada de haber tenido que despedirse de Santino, aunque se quedó encantado en brazos de Claudia cuando llegó el momento de irse. Pero además de por la perspectiva de echar de menos a su bebé, Keira seguía molesta por lo sucedido la noche anterior.

Se había despertado sobresaltada poco antes del amanecer, preguntándose por qué sentía el cuerpo tan...

Registró lentamente el indolente letargo y el dulce tirón entre las piernas.

Se sentía usada.

Sí, aquella era la palabra. «Usada». Las vívidas imágenes cruzaron por su mente mientras recordaba lo que había sucedido mientras la tormenta arreciaba fuera. Matteo bajándose los pantalones y empujándola contra el escritorio. Matteo subiéndole el camisón antes de penetrarla y hacerla gritar de placer. No había sido precisamente un encuentro de cuento de hadas. Así que más le valía centrarse en la realidad en lugar de la absurda versión romántica que se había creído.

Matteo la había seducido a sangre fría tras varios días actuando como si no existiera. La había invitado a ver la tormenta desde el mejor ángulo de la casa y, aunque se trató de la sugerencia más cursi del mundo, Keira accedió. Fue trotando detrás de él como un cachorrillo y tuvo sexo con él. Una vez más. Keira cerró los ojos horrorizada al recordar cómo le había clavado las uñas en la espalda desnuda como una gata salvaje. ¿Explicaba su inexperiencia el fiero deseo que la había consumido y que había imposibilitado que lo rechazara, o era que Matteo Valenti solo tenía que tocarla para que se derritiera en sus brazos?

Y ahora el viaje a Roma, que, si ya antes le daba miedo, ahora iba a ser mucho peor. Ya era suficiente viajar con él en el tipo de coche que había anhelado durante sus días como mecánica... y que lo condujera otra persona. Pero además ahora sabía lo pagado de sí mismo que debía de sentirse Matteo. Ni siquiera había querido pasar la noche con ella. Solo la depositó sobre la cama como si fuera un paquete y se comportó como si lo sucedido entre ellos hubiera sido puramente funcional. Como cuando alguien se rascaba un picor. Se preguntó con amargura si así habría sido para él. ¿Habría visto a Keira como un cuerpo en lugar de como una persona?

—¿Te vas a pasar las próximas veinticuatro horas ignorándome? —la voz de Matteo interrumpió sus tumultuosos pensamientos.

Keira quiso fingir que no le había oído, pero no era una buena solución. Tal vez no estuviera contenta con el actual estado de la situación, pero eso no significaba que tuviese que aceptarla de modo pasivo. A menos que tuviera pensado comportarse como una especie de víctima, permitiendo que el italiano la moviera de aquí para allá a su antojo sin que ella tuviera nada que decir al respecto. Había llegado el momento de plantarse y dejar de lamentarse. Habían tenido relaciones sexuales consentidas como los dos adultos que eran y eso les colocaba en la misma posición.

«Así que pregúntaselo. Hazte con un poco de control».

Keira giró la cabeza para mirarle el perfil y trató de no sentirse afectada por aquella nariz romana y la fuerte curvatura de la mandíbula. Llevaba la camisa de seda desabrochada al cuello, ofreciendo un seductor destello de su piel aceitunada, y exudaba una vibrante vitalidad.

Keira sintió un estremecimiento que le recorrió todo el cuerpo y que la obligó a moverse en el lujoso asiento de cuero.

Quería que volviera a tocarla. Y hacerse añicos en sus brazos.

Apartó de sí con firmeza cualquier posibilidad erótica y carraspeó.

−¿A qué viene este viaje, Matteo?

Se hizo una pausa.

−Ya lo sabes. Hemos hablado de ello. Vamos a comprarte ropa bonita.

Sus palabras sonaban profundamente condescendientes, y se preguntó si aquella sería su intención, recordarle que no llegaba al ideal de mujer que debería ser.

−No estoy hablando de tu determinación de cambiar mi aspecto −dijo Keira−. Me refiero a por qué me trajiste a Italia en un principio. No hemos hablado de ello. ¿Qué va a pasar cuando hayas agitado tu varita mágica y me hayas convertido en alguien diferente? ¿Tienes pensado devolverme a Inglaterra en tu bonito avión y hacer como si esto hubiera sido una especie de sueño?

Matteo apretó los labios.

−Eso no es una opción.

–¿Y cuáles son las opciones? –insistió Keira.

Matteo pisó el acelerador y sintió cómo respondía el poderoso motor. Era una pregunta razonable, aunque no tenía demasiado interés en contestarla. Pero no podía seguir posponiendo una conversación que necesitaban tener.

–Tenemos que ver si podemos funcionar como pareja.

–«¿Pareja?».

Matteo vio cómo se daba una palmada en los muslos cubiertos por los vaqueros en un gesto de frustración.

–¿Te refieres a vivir en partes separadas de la misma casa? ¿Eso es lo que hace una pareja? –aspiró con fuerza el aire–. Apenas nos vemos, y cuando estamos juntos tampoco es que hablemos mucho.

–Eso puede arreglarse –murmuró él.

–Vamos a empezar a arreglarlo ahora mismo. Las parejas no son perfectos desconocidos y nosotros lo somos. O al menos tú lo eres para mí. Yo te hablé mucho de mi historia la noche que... la noche que pasamos juntos en Devon –dijo Keira tras una pausa–. Pero yo no te conozco, Matteo. Sigo sin saber realmente nada de ti.

Matteo se quedó mirando la carretera que tenía delante. Las mujeres siempre hacían aquel tipo de preguntas y normalmente él las atajaba. Dejaba muy claro que no toleraría interrogatorios porque no quería que nadie intentara «entenderlo». Pero reconocía que Keira era diferente y que su situación era distinta. Era la madre de su hijo, no una arribista ambiciosa que ansiara atraparle.

–¿Qué quieres saber? –le preguntó.

Ella se encogió de hombros.

–Las cosas normales. Sobre tus padres. Si tienes hermanos. Ese tipo de cosas.

–Tengo un padre y una madrastra. Y un hermanastro casado y con un hijo pequeño –su tono de voz se hizo más duro sin que pudiera evitarlo.

Sintió los ojos de Keira clavados en él.

–Entonces, ¿tus padres están divorciados?

–No. Mi madre murió.

–Como la mía –murmuró ella pensativa.

Matteo asintió, pero no dijo nada, seguía con la vista clavada en la carretera tratando de concentrarse en el tráfico.

–Háblame de tu padre –le pidió Keira–. ¿Te llevas bien con él?

Matteo adelantó a un coche y esperó a terminar la maniobra antes de responder. Se preguntó si debería ofrecerle la versión oficial de su vida, el mito de que todo estaba bien. Pero si Keira se quedaba pronto descubriría la corriente subyacente bajo la superficie del poderoso clan Valenti.

–No, no estamos muy unidos. Nos vemos de vez en cuando, pero básicamente por obligación.

–Has mencionado a tu madrastra.

–Querrás decir mi última madrastra –la corrigió él con ironía–. La número cuatro de una larga lista de mujeres con las que trató de reemplazar a la esposa que había perdido.

–¿Y ninguna lo consiguió? –adivinó Keira.

–Eso depende de cómo queramos definirlo. Estoy seguro de que cada una de ellas le proporcionó los cuidados infantiles que la mayoría de los hombres necesita, pero todos esos matrimonios terminaron mal y le supusieron un gran coste financiero –Matteo apretó con más fuerza el volante–. Pero al parecer era muy difícil estar a la altura de mi madre, al menos según el testimonio de quienes la conocieron.

–¿Cómo era? –le preguntó Keira con una voz muy dulce.

Matteo guardó silencio durante un largo instante porque aquella era una pregunta que nunca le hacían. Una madre muerta era solo eso. Historia. No recordaba que nadie más hubiera mostrado nunca interés por su corta vida. Sintió una punzada en el corazón.

—Era preciosa —dijo finalmente—. Por dentro y por fuera. Estaba estudiando Medicina cuando conoció a mi padre. Era la única hija de una familia de Umbría muy tradicional que poseía una gran propiedad en la zona.

—¿El caserón en el que estamos?

—Sí, ahí fue donde creció.

Keira asintió, empezaba a entender. Miró por la ventanilla hacia el cielo azul. Se preguntó si aquello explicaba el amor que Matteo sentía por la hacienda, porque era su último vínculo con su madre.

—¿Tu padre sabe lo de Santino? —le preguntó de pronto.

—Nadie lo sabe —respondió él con contundencia—. Y no lo haré público hasta que hayamos tomado algún tipo de decisión conjunta respecto al futuro.

—Pero un bebé no es algo que se pueda mantener en secreto. ¿No se lo habrá contado alguien de la hacienda, algún miembro del servicio?

Matteo negó con la cabeza.

—La discreción es una cualidad que exijo en toda la gente que trabaja para mí, y yo soy a quien deben ser leales. Además, a mi padre no le interesa la hacienda, solo quiere...

—¿Qué quiere? —quiso saber ella, picada por la curiosidad.

—Nada, da igual. Creo que ya han sido suficientes preguntas por hoy, ¿no te parece? —Matteo levantó una mano del volante y señaló hacia delante—. Nos estamos acercando a Roma, si miras hacia allí pronto verás el lago Nemi.

Keira siguió la dirección de su dedo mientras trataba de concentrarse.

–¿Y es allí donde vives?

–Sí.

No hablaron mucho más durante el resto del viaje, pero al menos Keira sintió que sabía un poco más sobre él. Y, sin embargo, era muy poco. Matteo tenía un aire misterioso, había algo en él oscuro y desconocido que parecía querer mantenerla alejada. Se dio cuenta de que detrás de aquella formidable y sexy apariencia había un hombre herido. Y su corazón sintió ternura hacia él. ¿Podrían ser una pareja?, se preguntó mientras avanzaban por un precioso valle. Sería una estupidez desear aquello.

Pero lo malo era que sí, lo deseaba, porque, si quería que Santino tuviera una seguridad, la que ella siempre había deseado, entonces funcionaría mejor si eran una pareja. Vivir con Matteo Valenti como su amante y madre de su hijo... ¿tan terrible sería?

Sus ensoñaciones quedaron interrumpidas por la primera visión de la villa de Matteo, y Keira se preguntó si estaba loca por imaginar siquiera que encajaría allí. La casa de color salmón daba al lago Nemi y tenía tres plantas de altura con ventanas en forma de arco con vistas a los maravillosos jardines. Y pronto descubrió que dentro había muchísimas habitaciones, incluido un comedor con suelo de mármol y un salón de baile con el techo pintado a mano. Le parecía que estaba en un museo, no en una casa. El abrigo nunca la pareció tan desgastado como cuando un mayordomo de rostro adusto llamado Roberto se lo quitó de las manos. ¿Se estaría preguntando por qué su poderoso jefe había llevado a una mujer tan desaliñada a su palacio?

Keira tragó saliva. ¿Acaso no se lo estaba preguntando ella misma?

Tras llamar a la hacienda y hablar con Paola, que le contó que Santino estaba tumbado en su cochecito en el jardín, Keira aceptó la taza de café que le ofreció una doncella completamente uniformada y se sentó a tomárselo en una elegante y rígida silla. Trató de ignorar la escudriñadora oscuridad de los ojos de Matteo y se encontró pensando en la relajada comodidad de la hacienda. Sintió una punzada al pensar en Santino y se preguntó si echaría de menos a su madre. Mientras se tomaba el café miró a su alrededor, a la preciosa pero húmeda habitación, y contuvo un escalofrío, preguntándose cuánto costaría calentar un lugar de aquel tamaño.

—¿Por qué vives aquí? —se cuestionó de pronto alzando la vista para mirar la morena figura del hombre que estaba al lado de la gigantesca chimenea.

Matteo entornó los ojos.

—¿Y por qué no? El clima es más fresco que en la ciudad, sobre todo durante los meses de verano. Es una propiedad muy valiosa.

—No lo dudo —Keira se humedeció los labios—. Pero es gigantesca para una sola persona. ¿No te sientes raro aquí?

—No soy un ermitaño, Keira —afirmó él—. A veces trabajo desde aquí... y por supuesto, me entretengo.

La pregunta salió de sus labios sin que pudiera evitarlo.

—Y traes a montones de mujeres, supongo.

Matteo la miró con expresión burlona.

—¿Quieres que te cuente la mentira de que he vivido en celibato durante todos estos años? —le preguntó con suavidad—. Lo digo por si detrás de tu pregunta lo que hay son celos sexuales.

—¡Claro que no! —negó ella furiosa consigo misma por haberlo preguntado.

Por supuesto que cientos de mujeres cruzarían aquellas puertas. Y ni que fuera su novio. Se le sonrojaron las mejillas. Nunca lo había sido. Solo era un hombre que hacía que se derritiera con una sola mirada por mucho que ella tratara de evitarlo. Un hombre que la había impregnado sin pretenderlo. Y ahora la miraba con aquella sonrisa sexy, como si supiera exactamente lo que estaba pensando. Como si fuera plenamente consciente de que bajo su suéter corriente sus senos se morían por sentir de nuevo su boca. Keira sintió cómo le ardían todavía más las mejillas mientras le veía responder al móvil en italiano. Cuando terminó se giró para mirarla y la escudriñó con su oscura mirada.

El coche está esperando fuera para llevarte al centro de la ciudad –le dijo–. La estilista se encontrará contigo allí.

–¿La estilista? –repitió Keira con tono incierto.

–Una profesional muy famosa que te va a llevar de compras –Matteo se encogió de hombros–. Pensé que te vendría bien un poco de ayuda.

Su condescendencia solo sirvió para intensificar la sensación de incompetencia de Keira, y le miró fijamente.

–¿Por qué, para que no opte por algo completamente inadecuado?

Matteo dijo con voz suave:

–Hay otra forma de verlo, Keira. No espero que hayas tenido nunca antes acceso ilimitado a una tarjeta de crédito, ¿verdad?

Hubo algo en su tono de voz que le hizo hervir la sangre.

–¡Pues claro que no!

–Entonces, ¿cuál es el problema?

–¡El problema eres tú! Apuesto a que estás disfrutando con esto –le acusó–. ¿Presumir de tu riqueza te hace sentir poderoso, Matteo?

Él alzó las cejas.

–Lo cierto era que esperaba complacerte. ¿Por qué no subes y te preparas para que el coche te lleve a la ciudad?

Keira dejó la taza vacía en la lujosa mesa y se puso de pie.

–Muy bien –dijo encogiéndose de hombros con gesto forzado.

–Por cierto, no has comentado nada sobre cómo he conducido hasta aquí –Matteo hizo un gesto para que pasara delante de él.

–Dadas las circunstancias no me pareció adecuado.

–Pero espero que como profesional me hayas dado el visto bueno.

Keira apretó los labios.

–No lo hiciste mal. Tal vez un poco brusco en los cambios de marcha... pero es un gran coche.

A Keira le encantó ver el brillo humorístico de sus ojos antes de seguirle por la escalera hasta la suntuosa suite decorada con ricos brocados y terciopelo donde la dejó. Sola en el enorme cuarto de baño de grifería dorada, Keira se cepilló el pelo y se preguntó qué pensaría la estilista al encontrarse con un material tan poco prometedor.

Pero la estilista era muy simpática y natural... aunque la tienda de Via dei Condotti daba un poco de miedo. Keira nunca había estado en un sitio tan caro, aunque en sus tiempos de choferesa esperaba con frecuencia en la puerta de sitios así a sus clientas. Una mujer de caderas estrechas llamada Leola se acercó a saludarla. Llevaba puesto un impecable vestido de color crema con un collar dorado a juego y zapatos de tacón. Aunque parecía recién salida de la pasarela, había que decir a su favor que no se mostró disgustada por el aspecto de Keira mientras la guiaba por la tienda mostrándole ropa.

Luego entraron en el probador y pasó una cinta métrica por las nuevas y abundantes curvas de Keira.

–Tienes una figura fantástica –afirmó–. Vamos a mostrarla un poco más, ¿te parece?

–Si no te importa, preferiría que no –se apresuró a decir Keira–. No me gusta que me miren.

Leola alzó una de sus perfectas cejas.

–Estás saliendo con uno de los solteros más deseados de la ciudad –observó–. Y Matteo espera que la gente te mire.

Keira sintió una oleada de ansiedad al ponerse un vestido de cachemira azul por la cabeza y unas botas azul marino. ¿Qué respuesta posible le podía dar a aquello? ¿Qué diría Leola si le explicara que Matteo y ella no estaban saliendo, que solo eran padres de un niño pequeño? Y ni siquiera aquello era del todo cierto. No se podía considerar a un hombre como padre si miraba a su hijo recién nacido con la cautela de un experto en armas a una bomba sin desactivar.

«Déjate llevar por la corriente», se dijo. «Haz lo que te sugiera y cuando estés arreglada como un pavo navideño podrás sentarte con el italiano y hablar seriamente del futuro».

Se probó faldas estrechas con blusas vaporosas, vestidos de día ligeros y sinuosos modelos de noche, y, cuando Leola terminó con ella, Keira se sentía insegura. Quería protestar y decir que de ninguna manera se iba a poner aquello, que Matteo y ella no habían hablado de cuánto tiempo se iba a quedar. Pero Leola parecía actuar según el dictado de otra persona, y no resultaba difícil imaginarse de quién.

–Haré que envíen lencería nueva y más zapatos

más tarde –le explicó la estilista–, porque tengo entendido que regresas a Umbría mañana. Pero tienes suficiente para ir tirando. ¿Puedo sugerirte que esta noche te pongas el vestido rojo? Matteo comentó que los colores vibrantes te quedarían muy bien. Ah, y esta tarde irá una artista del maquillaje a la casa. También puede peinarte.

Keira se quedó mirando el vestido de seda que colgaba de los dedos de Leola y sacudió la cabeza.

–Puedo peinarme sola –aseguró a la defensiva, preguntándose si arreglarse de aquel modo era lo que Matteo consideraba normal para cenar en casa un día de diario–. Y no puedo llevar eso... es demasiado revelador.

–Sí que puedes, y debes hacerlo, porque estás espectacular con él –afirmó Leola antes de suavizar un poco el tono de voz–. Debes de ser muy importante para Matteo para que se tome tantas molestias. Y sin duda sería un error no complacerle después de tantas molestias.

Era un comentario inocente que encerraba una advertencia. Era una mujer diciéndole a otra: a caballo regalado, no le mires el diente. Pero solo sirvió para aumentar la sensación de Keira de estar disfrazándose. De ser alguien moldeado para desempeñar un papel en la vida del multimillonario sin tener muy claro el ser capaz de hacerlo. El corazón le latía con fuerza cuando estrechó la mano de la estilista y salió fuera, donde esperaba el coche.

Y se sintió algo avergonzada por la facilidad con la que permitió que el chófer le abriera la puerta antes de acomodarse en el confortable asiento de atrás. Como si ya se estuviera convirtiendo en alguien que no reconocía.

Capítulo 9

EL RELOJ marcaba las siete cuando Matteo chasqueó la lengua con impaciencia y paseó por la salita en la que ardía un gran fuego en la chimenea. ¿Dónde diablos estaba Keira? No le gustaba que nadie le hiciera esperar, y menos una mujer que debería estar al quite y completamente agradecida por la generosidad que mostraba hacia ella. Se preguntó cuánto tiempo habría tardado Keira en descubrir lo mucho que le gustaba probarse ropa buena. O que un hombre estuviera dispuesto a comprarle un guardarropa nuevo completo sin límite de dinero. Estaba a punto de enviar a Roberto arriba para que le recordara la hora que era cuando se abrió la puerta y allí estaba ella, pálida y con actitud algo desconcertada.

A Matteo le latió con fuerza el corazón dentro del pecho porque estaba... sacudió ligeramente la cabeza como para aclararse la visión, pero la imagen no se alteró. Estaba irreconocible. Unos rizos suaves y brillantes le caían por los estrechos hombros, y los ojos de color zafiro parecían enormes por el rímel y el delineador. Tenía los labios tan rojos como el vestido y se encontró deseando besarla hasta arrancárselo. Pero lo que más le llamó la atención fue el cuerpo. ¡Santo cielo, menudo cuerpo! La seda escarlata se le ajustaba a cada curva de los senos y en la cintura antes de flotar suavemente en las caderas. Llevaba las piernas embutidas en medias y unos tacones que la hacían mucho más alta de lo habitual.

Matteo tragó saliva, porque la transformación era exactamente lo que quería: llevar una mujer del brazo que hiciera girar las cabezas por las razones correctas. Y, sin embargo, ahora tenía una intensa frustración recorriéndole las venas. Quería llamar al anfitrión, cancelar su asistencia a la fiesta y llevársela directamente a la cama, pero era consciente de que no sería una buena idea. Tenía menos de veinticuatro horas para conseguir que Keira accediera a su plan, y no lo conseguiría anteponiendo el deseo a la lógica.

—Estás... preciosa —dijo notando cómo a ella se le sonrojaban las mejillas en respuesta al cumplido, lo que le recordó una vez más su inocencia y su inexperiencia.

Keira se tiró del bajo del vestido como si quisiera hacerlo más largo.

—Para ser sincera, siento que no voy vestida adecuadamente para la ocasión.

Matteo sacudió la cabeza.

—Si ese fuera el caso no te dejaría salir de la casa.

Ella alzó las cejas.

—¿Quieres decir que me retendrías aquí por la fuerza? ¿Sería la prisionera del magnate italiano?

Matteo sonrió.

—Siempre he pensado que la persuasión es mucho más efectiva que la fuerza. Supongo que Leola habrá pensado en un abrigo adecuado para que te pongas, ¿no?

—¿Un abrigo? —Keira le miró asombrada.

—Estamos en noviembre, Keira, y vamos a una fiesta en la ciudad. Tal vez no haga tanto frío como en Inglaterra, pero necesitas abrigarte.

Ella sintió un nudo en el estómago.

–No dijiste nada de una fiesta.

–¿Ah, no? Pues lo digo ahora.

Keira volvió a tirar del vestido.

–¿De quién es la fiesta?

–De un viejo amigo mío, Salvatore di Luca. Es su cumpleaños, y será la ocasión perfecta para que conozcas a la gente. Sería una pena que no tuvieras público con lo despampanante que estás –murmuró deslizando la mirada por ella–. Así que ¿por qué no vas a buscar el abrigo? El coche espera.

Keira estaba hecha un manojo de nervios. Se sintió tentada a decirle que prefería quedarse en casa y comer un trozo de pan frente a la chimenea antes que tener que enfrentarse a una sala llena de desconocidos. Pero no quería quedar como una excluida social. ¿Se trataría aquello de una especie de entrevista para ver si estaba a la altura de convertirse en la compañera de Matteo, de ver si era capaz de mantener una conversación con sus ricos amigos o de no mancharse el vestido con los canapés?

Keira se puso el abrigo de terciopelo negro ribeteado de cachemira antes de entrar en la limusina. Le dio un vuelco el corazón cuando Matteo se sentó atrás a su lado. Su potente masculinidad era casi tan perturbadora como su traje oscuro, que se ajustaba a su musculoso cuerpo a la perfección y le hacía parecer una especie de artista de cine en camino a una ceremonia de entrega de premios.

–¿No vas a conducir? –le preguntó.

–Esta noche no. Tengo que hacer algunas llamadas –le brillaron los negros ojos–. Después de eso soy completamente tuyo.

Lo dijo de un modo que le provocó oleadas de excitación en la piel, y Keira se preguntó si lo habría hecho adrede. Pero también le dio miedo, porque no estaba segura de ser capaz de lidiar con la llama de su atención exclusiva. Y menos cuando estaba siendo tan amable con ella.

Tenía la sensación de que se estaba esforzando porque quería que accediera a su plan... cuando se lo desvelara. Y aunque no había mostrado ningún interés por ser un padre para su hijo, algo le decía que veía a Santino como una posesión a pesar de que no hubiera mostrado hasta el momento ninguna señal de amor hacia él. Debido a eso, sospechaba que no la dejaría marchar con facilidad y lo peor de todo era que no quería que lo hiciera. Estaba empezando a darse cuenta de que se encontraba en terreno desconocido, y no solo porque Matteo fuera un hostelero multimillonario y ella mecánica de coches. Keira no tenía experiencia en relaciones y no sabía cómo reaccionar ante él. Una parte de ella deseaba estar todavía al volante recorriendo carreteras con la profesionalidad de la que se jactaba hasta que estropeó su carrera en brazos del hombre que estaba sentado a su lado con las piernas estiradas en un gesto indolente.

Hizo un esfuerzo por apartar los ojos de la tensión de sus muslos. Tenía mucho con lo que distraerse mirando por la ventanilla a las luces de la ciudad y la impresionante arquitectura romana.

El apartamento de Salvatore di Luca estaba justo en el centro, era un ático situado cerca de Via del Corso con unas vistas espectaculares de la ciudad. Keira percibió distraídamente que una doncella le tomaba el abrigo y que alguien le ponía un cóctel en la mano. Había mucha gente pululando por ahí. Se dio cuenta para su horror de que todas las demás mujeres iban vestidas de elegante negro, y su vestido escarlata hizo que se sintiera como un adorno caído del árbol de Navidad. Y no era solo el color. No estaba acostumbrada a mostrar tanto escote ni a llevar vestidos por encima de la rodilla. Se sentía como una impostora, alguien más acostumbrado a llevar el pelo escondido bajo una gorra en lugar de cayendo en cascada por los hombros como en esos momentos.

Algunos hombres la miraban durante más tiempo del que deberían, aunque tal vez fuera algo que los italianos hacían de modo automático. Matteo parecía observarla de cerca cuando le presentaba a sus amigos, y Keira no podía negar la emoción que le producía que aquellos ojos oscuros siguieran cada uno de sus movimientos.

Hizo todo lo posible por charlar animadamente, agradecida de que casi todo el mundo hablara su idioma, pero la conversación no era fácil. Era muy consciente de que no podía mencionar el tema que más lugar ocupaba en su corazón, Santino. Se preguntó cómo tenía pensado Matteo anunciar que era padre y qué pasaría cuando lo hiciera. ¿Alguno de sus amigos tenía hijos?, se preguntó. Aquel apartamento desde luego no parecía adaptado a los niños. No podía imaginarse a alguno pasando los dedos pegajosos por las caras alfombras.

Keira escapó del bullicio y se dirigió al baño. Aprovechó la relativa calma y empezó a mirar en algunas habitaciones en el camino de regreso a la fiesta. Entró solo en las que tenían la puerta abierta, y descubrió una impresionante cantidad de estancias pintadas a mano que le recordaron a la villa de Matteo. Esa casa tampoco estaba precisamente adaptada a los niños.

La habitación que más le gustó era pequeña y estaba llena de libros. Daba a un balcón precioso con plantas verdes y altas y tenía unas vistas fabulosas. Keira se quedó allí un instante con los brazos apoyados en la balaustrada, y entonces oyó el sonido de unos tacones entrando en la habitación detrás de ella. Se dio la vuelta y vio a una mujer alta y pelirroja en la que no se había fijado antes. Tal vez había llegado tarde, porque desde luego no era la clase de mujer que uno olvidaba rápidamente. Tenía los ojos verdes y una mirada más escrutadora que amigable. Keira tuvo que hacer un esfuerzo para no clavar la vista en la fila de esmeraldas que le brillaban en el delicado cuello y que le hacían juego con los ojos.

—Así que tú eres la mujer que tiene a Matteo fuera de escena —dijo la mujer con voz aterciopelada.

Keira salió del fresco balcón y entró en la habitación.

—Hola, soy Keira —sonrió—. ¿Tú cómo te llamas?

—Donatella —entornó los ojos verdes como si le sorprendiera que Keira no lo supiera ya—. Llevas un vestido precioso.

—Gracias.

Se hizo una pausa en la que Donatella deslizó la mirada sobre ella.

—Todo el mundo tiene curiosidad por saber cómo te las has arreglado para cazar al soltero más codiciado de Italia.

—¡Ni que fuera un conejo! —bromeó Keira.

O Donatella no captó la broma o no le hizo gracia, porque no sonrió.

—¿Cuándo os conocisteis?

Consciente de que el corazón se le aceleró de pronto, Keira se sintió de repente intimidada. Como si la estuvieran acorralando, aunque no sabía por qué.

—Hace un año.

—¿Cuándo exactamente? —insistió la pelirroja.

Keira no era la persona más experta en etiqueta social, pero incluso ella podía darse cuenta de que se estaba pasando de la raya.

–¿Qué más da?

–Tengo curiosidad, eso es todo. No sería dos días antes de Navidad, ¿verdad?

Keira tenía la fecha tan grabada en la memoria que la afirmación le surgió de los labios sin pensar siquiera en ella.

–Sí –dijo–. ¿Cómo lo sabes?

–Porque esa noche había quedado conmigo –dijo Donatella con una sonrisa cínica–. Pero recibí una llamada de su asistente diciendo que su avión no podía despegar por culpa de la nieve.

–Es verdad. Hacía un tiempo horrible –aseguró Keira.

–Y luego, cuando volvió... nada, aunque nadie le veía con otra mujer –Donatella entrecerró pensativa sus ojos verdes–. Qué curioso. No eres como esperaba.

Aunque no había comido ni un canapé, Keira sintió de pronto ganas de vomitar. En lo único que podía pensar era en que otra mujer estaba esperando a Matteo mientras estaba en la cama con ella. Debió de pedirle a su asistente que llamara a Donatella cuando Keira estaba en el baño y luego la sedujo. Tal vez cualquier mujer habría sido la receptora de aquel deseo. Tal vez se trataba de un hombre decidido a tener relaciones sexuales a toda costa. ¿Y si todo eso de encontrarla atractiva no era más que una técnica de experto para que ella se relajara y poder saltarle encima? Keira tragó saliva. ¿Se habría imaginado que era Donatella a quien tenía debajo en lugar de a ella?

–Bueno, ya sabes lo que dicen... para gustos están los colores –Keira logró esbozar una sonrisa–. Encantada de conocerte, Donatella.

Pero temblaba cuando localizó a Matteo, que estaba rodeado de un grupo de hombres y mujeres que escuchaban cada una de sus palabras, y tal vez viera algo en su rostro porque se acercó a ella al instante.

—¿Va todo bien? —le preguntó.

—Sí, de maravilla —respondió Keira alegremente para que la oyeran los curiosos—. Pero me gustaría irme si no te importa. Estoy muy cansada.

Matteo alzó sus oscuras cejas.

—Claro. Vámonos, *cara*.

La facilidad con la que le surgió aquella palabra cariñosa hizo que las palabras de Donatella parecieran más potentes, y en el coche Keira se sentó lo más lejos posible de él. Se llevó un dedo a los labios y sacudió la cabeza cuando Matteo intentó hablar con ella. Se sentía absurdamente emotiva y al borde de las lágrimas, pero no iba a derrumbarse delante del chófer. Pero cuando llegaron a la villa, donde el personal de servicio había mantenido el fuego vivo en la sala, se giró finalmente hacia Matteo y trató de contener el histerismo.

—He conocido a Donatella —dijo.

—Me lo estaba preguntando. Porque ella ha llegado tarde.

—¡Me importa un bledo cuándo haya llegado! —Keira arrojó el bolso de fiesta en el sofá de brocado, donde rebotó contra un cojín—. Me ha dicho que habías quedado con ella la noche que nos quedamos atrapados en la nieve.

—Eso es cierto.

Keira estaba tan horrorizada por la facilidad con la que lo reconoció que apenas fue capaz de pronunciar las siguientes palabras.

—Entonces, ¿tenías una relación sexual con otra mujer cuando me sedujiste?

Matteo negó con la cabeza.

—No. Había quedado con ella durante unas semanas, pero nunca pasamos de la cena y de ir una vez a la ópera.

—¿Y esperas que me lo crea?

—¿Por qué no ibas a hacerlo, Keira?

—Porque... —aspiró con fuerza el aire—. Porque no me pareces la clase de hombre que corteje a una mujer de manera casta.

—Pues aunque te parezca extraño, así es como me gusta hacerlo.

—Pero no conmigo —le espetó Keira con amargura—. O tal vez pensaste que a mí no valía la pena invitarme a cenar.

Matteo se puso tenso al darse cuenta del dolor y la vergüenza que habían ensombrecido sus ojos de color zafiro y le sorprendió lo mal que se sintió. Sabía que le debía una explicación, pero le daba la impresión de que aquello era más profundo que cualquier otra cosa de la que hubiera tenido que hablar en el pasado, y una parte de él se rebelaba por tener que exponer sus pensamientos. Pero tenía la sensación de que no le quedaba alternativa. Que a pesar de la facilidad con la que había caído en sus brazos, Keira no era una pusilánime.

—Claro que valías la pena —afirmó con tono dulce—. El hecho de que no pasáramos por la invitación convencional a cenar no cambia el hecho de que fuera la noche más inolvidable de mi vida.

—¡No me digas mentiras!

—No es mentira, Keira —se limitó a decir él—. Fue increíble. Los dos lo sabemos.

Matteo vio que su rostro se contraía como si estuviera tratando de contener sus emociones.

—Y dice que cuando regresaste no volviste a verla —le espetó de pronto.

—Eso también es verdad.

—¿Por qué no? —inquirió Keira—. Nada te lo impedía. Y menos después de haberme despedido a mí con cajas destempladas.

A Matteo le sorprendía su insistencia, pero no lo demostró. Ni sabía lo lejos que debía llegar con su respuesta. ¿Sería muy brutal decirle que se había quedado tan abatido por su falta de control aquella noche que decidió que necesitaba un descanso de las mujeres? Si le contaba que nunca antes había tenido una aventura de una noche porque iba en contra de todas sus creencias, ¿no le haría demasiado daño? Matteo no creía en el amor. No en su caso. Pero creía en la pasión y según su experiencia siempre valía la pena esperar. La gratificación retrasada aumentaba el apetito y endulzaba todavía más el desenlace. Y retrasar su placer reforzaba la certeza de que siempre tenía el control.

Pero su habitual meticulosidad le había abandonado aquella noche nevada cuando se vio en la cama con su pequeña conductora, y le había afectado durante bastante tiempo al regresar a Italia. No era algo que deseara particularmente reconocer, pero algo le dijo que iría en su favor si lo hacía.

—No he tenido relaciones sexuales con nadie desde la noche que pasé contigo. Bueno, sin contar anoche.

Keira abrió mucho los ojos. El silencio de la habitación quedaba roto únicamente por el tictac del reloj de pared.

—¿Por qué? —jadeó.

Matteo se inclinó para arrojar un tronco innecesario en el ya vivaz fuego. Luego se incorporó y observó la nublada incredulidad que había oscurecido los ojos de Keira. En su momento trató de convencerse de que la decepción consigo mismo era lo que le había llevado a encerrarse en sí mismo cuando volvió a Roma, pero en el fondo sabía que esa no era la historia completa.

—Porque para mi fastidio no parecía capaz de sacarte de mi cabeza —murmuró arrastrando las palabras—. Y antes de que sigas sacudiendo la cabeza así y me digas que no hablo en serio, déjame decirte que sí.

—Pero ¿por qué? —quiso saber ella—. ¿Por qué yo?

Matteo hizo una pausa lo suficientemente larga como para hacerle saber que él también se había hecho la misma pregunta.

—¿Quién conoce la sutil alquimia que hay detrás de esas cosas? —Matteo se encogió de hombros y deslizó la mirada por su cuerpo—. Tal vez porque eres diferente. Porque me hablas de un modo distinto a como lo hace la gente. O tal vez porque eras virgen y a un nivel subliminal lo sabía y eso me atraía. ¿Por qué me miras así, Keira? ¿Crees que ese tipo de cosas no importan, que a los hombres no les encanta saber que son los primeros y los únicos? Pues estás muy equivocada.

Keira se sintió débil y se dejó caer en el sofá de brocado, al lado del bolso que había tirado ahí. Las palabras de Matteo eran muy retrógradas, pero causaron un gran impacto en ella. Y además hicieron que se sintiera tremendamente deseada mientras su oscura mirada le recorría el cuerpo, dando a entender las cosas que le gustaría hacer con ella.

¿Se le abrieron los labios por propia iniciativa o alguien orquestó su reacción desde su posición al lado de la chimenea como si fuera una marioneta con hilos invisibles? ¿Era aquella la razón por la que de pronto los ojos de Matteo adquirieron dureza cuando avanzó hacia ella y la ayudó a ponerse de pie?

—Creo que ya hemos hablado bastante, ¿no crees? —le preguntó—. He respondido a todas tus preguntas y te he dicho todo lo que necesitas saber.

—Matteo, yo...

—Voy a hacerte el amor otra vez —dijo él interrumpiendo sus protestas—. Pero esta vez será en la cama y durará toda la noche. Y, por favor, no finjas sentirte ultrajada con la idea porque la expresión de tu cara dice otra cosa.

—O tal vez vayas a hacerlo solo para apaciguarme —le desafió Keira—, como hiciste anoche.

—Anoche estábamos en medio de una tormenta y no podía pensar con claridad, pero hoy sí puedo.

Y dicho aquello la tomó en brazos y se la llevó a la habitación. Keira pensó que no podría haber objetado a la situación ni aunque Matteo le hubiera dado opción. Porque estaba haciendo que se sintiera una mujer completamente deseada, una mujer a la que solo el placer atraía.

La subió por la escalera de mármol. Keira apoyó la cabeza en su pecho de modo que podía escuchar el latido de su corazón. Le parecía estar en una película cuando Matteo dio una patada a la puerta para entrar. Irreal. Igual que la excitación que le recorría el cuerpo. ¿Estaba mal sentir aquella oleada de placer cuando Matteo le bajó la cremallera del vestido escarlata y dejó que cayera sin ningún cuidado sobre la alfombra de seda? ¿O que le surgieran palabras de estímulo de los labios ya hinchados por la presión de sus besos?

A continuación le siguió el sujetador y Keira emitió un gemido de placer cuando le deslizó los dedos en los extremos de las braguitas y se las quitó. Matteo mostró la misma falta de cuidado por su propia ropa, se la quitó del cuerpo como un hombre perseguido por el diablo. Pero, cuando estuvieron los dos desnudos en la cama, ralentizó las cosas.

—Estas curvas... —dijo mientras le acariciaba los senos y las caderas.

–¿No te gustan? –preguntó ella jadeante.

–¿Qué te hace pensar eso? Me gustas delgada y me gustas más redondita. Me vale de cualquier forma, Keira.

Le deslizó despacio la yema del dedo del cuello al vientre antes de ponérsela entre los muslos, acariciándole con indolencia el húmedo calor en un movimiento rítmico. Ella se estremeció y tuvo que contener un gemido de frustración cuando apartó la mano. Pero entonces su boca siguió el mismo camino que sus dedos y Keira contuvo la respiración al sentir sus labios mezclándose con el suave vello de la entrepierna antes de que Matteo hundiera la cabeza profundamente entre sus piernas y le lamiera la piel resbalosa y caliente.

–Matteo –jadeó, a punto de saltar de la cama de placer–. ¿Qué... qué estás haciendo?

Él levantó la cabeza y la miró con sus negros ojos.

–Voy a comerte, *cara mia* –susurró bajando la cabeza para continuar con su tarea.

Keira dejó caer la cabeza sobre la almohada mientras él le hacía maravillas con la lengua, disfrutando del modo en que le aprisionaba las caderas con la firmeza de sus manos. Alcanzó el orgasmo tan rápido que la pilló por sorpresa, igual que la rapidez con la que se colocó encima de ella para penetrarla mientras su cuerpo todavía temblaba con aquellos deliciosos espasmos. Se le agarró a los hombros y Matteo inició un ritmo suave y seguro que hizo que sus sentidos cantaran.

Pero de pronto las facciones de Matteo se endurecieron y se quedó quieto dentro de su cuerpo.

–¿Cuánto tiempo crees que puedo contenerme para no llegar al clímax?

–¿Tienes que contenerte? –apenas le salían las palabras con Matteo dentro de ella.

–Eso depende. Lo haré si vas a tener un segundo orgasmo, lo cual es mi intención –murmuró–. De hecho, mi idea es hacerte llegar tantas veces que por la mañana hayas perdido la cuenta.

–Oh, Matteo –Keira cerró los ojos mientras él se ponía de rodillas y profundizaba todavía más.

Ella gimió cuando deslizó el dedo entre sus cuerpos unidos para encender el tirante nudo de nervios que tenía entre las piernas y empezó a frotarse contra ella mientras seguía en su interior. El placer que le estaba dando era casi insoportable, le daba la sensación de que iba a reventar por las costuras. Contuvo el aliento mientras el placer y la presión se combinaban en una fuerza imparable. Hasta que todo a su alrededor se hizo añicos. Escuchó gemir a Matteo cuando su propio cuerpo empezó a convulsionar antes de colapsar finalmente encima de ella. Apoyó la cabeza en su hombro y la abrazó por la cintura durante unos segundos hasta que Keira se sintió como si estuviera flotando en una nube.

¿Le había dicho de verdad que no se había acostado con nadie porque no había sido capaz de quitársela de la cabeza? Sí, se lo había dicho. Keira exhaló un suspiro de satisfacción y apoyó la mejilla en su hombro. Él murmuró algo en italiano por toda respuesta.

Se quedó allí tumbada largo tiempo después de que Matteo se durmiera, pensando que el sexo podía dejarte ciega ante la verdad. O tal vez llevarte a un estado tal de estupefacción que dejabas de buscar la verdad. Matteo había hablado de sus curvas y las había admirado con las manos, pero no hizo ninguna mención a la razón por la que su cuerpo había pasado por una transformación tan brutal. Se mordió el labio inferior. Porque se había quedado embarazada de su

hijo y lo había traído al mundo, un hecho que al parecer no le había costado ningún trabajo olvidar.

Y pensó en que, a pesar de la increíble intimidad
que acababan de compartir, no conocía a Matteo en
absoluto.

Capítulo 10

TENÍA que decir algo. Tenía que hacerlo. No podía seguir fingiendo que no le pasaba nada o que no tenía todavía un millón de preguntas rondándole por la cabeza que necesitaban respuesta.

Keira giró la cabeza para mirar el rostro del hombre que dormía a su lado. Era una cama muy grande, algo que venía muy bien porque el cuerpo desnudo de Matteo Valenti ocupaba la mayor parte de ella. La luz de la mañana se filtraba en la habitación a través de las dos ventanas que no se habían molestado en cerrar antes de caer sobre la cama la noche anterior. Desde ahí podía ver el verde del paisaje que se extendía en la distancia, y por encima de ellos el interminable azul del cielo sin nubes. Era la mañana más perfecta como continuación de la noche más perfecta.

Se rodeó a sí misma con los brazos y sonrió satisfecha. Nunca había pensado que pudiera sentirse como Matteo la hacía sentirse. Pero el reloj marcaba las horas y tenía que enfrentarse a la realidad. No podía seguir fingiendo que todo era maravilloso solo porque habían pasado una noche increíble juntos. Matteo había dicho que quería explorar la posibilidad de que fueran pareja, pero para eso hacía falta algo más que tener unas relaciones sexuales increíbles. ¿Cómo iban a seguir ignorando la brecha que había en el centro de su relación y a la que ninguno de los dos quería hacer referencia? Matteo por razones desconocidas, y ella...

Dirigió la atención hacia la cabeza oscura que dormía a su lado. ¿Era porque le daba miedo preguntárselo?

Porque el asunto más importante estaba desequilibrado y, cuanto más tiempo pasaba, peor parecía. Matteo actuaba como si Santino no existiera. Como si no tuviera un hijo. Nunca le había acunado entre sus brazos, y apenas preguntaba por él.

Daba igual cuántas casillas positivas cumpliera el italiano, ella nunca sometería a Santino a una vida en la que fuera ignorado. Y tratar de compensar la falta de atención de su padre con amor no funcionaría. Keira había crecido en una casa en la que era vista como una imposición y jamás le haría algo así a su hijo.

Lo que solo le dejaba dos opciones. Podía continuar como una ostra e ignorar lo que estaba sucediendo o podía afrontar el asunto cuando Matteo se despertara y obligarle a hablar de ello. No le acusaría, no le juzgaría. Intentaría entender cualquier cosa que le dijera porque algo le decía que eso era muy importante.

Se levantó de la cama sin hacer ruido y fue al baño. Cuando salió tras peinarse y cepillarse los dientes, Matteo estaba despierto. Su negra mirada la siguió cuando se dirigió de regreso a la cama.

–Buenos días –dijo Keira con timidez.

–¿Este es el momento en el que yo te pregunto qué tal has dormido y tú bajas las pestañas y dices «regular»? –murmuró.

Keira se sonrojó como una colegiala y se metió rápidamente entre las sábanas para que su cuerpo desnudo dejara de estar expuesto a su mirada erótica y perturbadora. Se sentía desinhibida cuando la habitación estaba a oscuras, pero la brillante luz de la mañana la hacía sentirse tremendamente vulnerable. Sobre todo porque tenía la sensación de que a Matteo no le iba a gustar lo que tenía que decir por mucho cuidado que pusiera al hacerle la pregunta. Él la estrechó entre sus brazos, pero Keira se limitó a darle un beso fugaz antes de apartar los labios. Porque necesitaba que escuchara aquello, y cuanto antes, mejor sería.

—Matteo —dijo deslizándole un dedo por la mandíbula.

Él frunció el ceño.

—¿Por qué siento el corazón en un puño cuando dices mi nombre así? —murmuró él.

Keira tragó saliva.

—Pronto volveremos a Umbría...

—¿Crees que lo he olvidado? Por eso sugiero que no perdamos el tiempo que nos queda.

Había empezado a acariciarle suavemente un pezón con el pulgar, y aunque se puso duro bajo su contacto, Keira le apartó la mano.

—Y tenemos que hablar —afirmó.

—Por eso siento el corazón en un puño —gruñó él girándose para apoyar el cuerpo en la almohada—. ¿Por qué las mujeres insisten en hablar en lugar de hacer el amor?

—Normalmente porque hay algo que decir —Keira aspiró con fuerza el aire—. Quiero hablarte de cuando era niña.

La expresión del rostro de Matteo lo decía todo. Era un mal momento y el lugar inadecuado.

—He conocido a tu tía —dijo con impaciencia—. Una guardiana estricta, una casa pequeña, una prima celosa. Lo capto. No lo pasaste bien.

Ella sacudió la cabeza mientras pensamientos incómodos le cruzaban por la mente. Necesitaba ser completamente sincera, en caso contrario, ¿cómo iba a esperar completa sinceridad a cambio? Pero lo que estaba a punto de decirle no resultaba fácil. Nunca le había contado a nadie la historia completa. Ni siquiera a su tía. A ella menos que a nadie.

–Te conté que mi madre no estaba casada y que no conocí a mi padre. Lo que no te dije fue que ella tampoco lo conoció.

Matteo la observaba ahora fijamente.

–¿De qué estás hablando?

Keira se sonrojó hasta el cuero cabelludo porque recordó la vergüenza de su madre cuando finalmente le confesó la historia, incapaz de seguir eludiendo las preguntas curiosas de su joven hija. ¿Se sentiría mal su madre si supiera que estaba repitiendo tan lamentable historia con un hombre que tenía acero en las venas?

–Mi madre era una estudiante de enfermería irlandesa –empezó a decir lentamente–. Cuando llegó a Londres se dio cuenta de que no tenía nada que ver con la granja en la que ella se había criado. Era ingenua y tímida, pero tenía ese aire irlandés, ya sabes, ojos azules y pelo negro...

–¿Como tú? –la interrumpió él con dulzura.

Keira sacudió la cabeza.

–No, era mucho más guapa que yo. Los hombres siempre le pedían que saliera con ellos, pero prefería quedarse en la residencia de enfermeras y ver la televisión, hasta que una noche cedió y fue a una fiesta con un grupo de enfermeras. Fue una fiesta muy salvaje, algo muy ajeno a ella. La gente estaba borracha y mi madre decidió que no quería quedarse allí –Keira tragó saliva–. Pero para entonces ya era demasiado tarde porque alguien había... había...

–¿Había qué, Keira? –la instó Matteo con una voz repentinamente tan dulce que le entraron ganas de llorar.

—Le habían puesto algo en la bebida —murmuró como si tuviera papel de lija en la garganta. Porque aquellas palabras seguían repugnándole—. Se despertó sola en una cama desconocida con un dolor entre las piernas, y poco después descubrió que estaba embarazada de mí.

Matteo contuvo el aliento un instante y luego le apartó un mechón de pelo de la frente antes de pasarle el brazo por los hombros y estrecharla contra el calor de su pecho.

—Malnacido —dijo entre dientes.

Keira sacudió la cabeza y sintió el sabor de las lágrimas formándose en el nudo que tenía en la garganta. Finalmente se dejó llevar por ellas como nunca antes.

—No sabía cuántos hombres habían estado cerca de ella —sollozó—. Tuvo que ir al hospital para comprobar si le habían transmitido alguna enfermedad, y por supuesto le ofrecieron la posibilidad de... —tragó saliva pero no llegó a decir la palabra, se dio cuenta por el modo en que Matteo apretó las mandíbulas de que no hacía falta pronunciarla—. Pero ella no quería. Quería tenerme. Eso no lo dudó en ningún momento.

Matteo esperó a que se recompusiera antes de volver a hablar. Le secó las lágrimas que le quedaban con la punta de los dedos.

—¿Por qué me estás contando esto, Keira? —le preguntó con suavidad—. ¿Y por qué ahora?

—Porque yo crecí sin padre y para mí no hubo otra opción. Pero yo no quiero eso para mi bebé. Para Santino —le falló la voz al ver la dureza de sus ojos, pero hizo un esfuerzo por continuar—. Matteo, no parece... no parece que sientas nada por tu hijo —aspiró con fuerza el aire—. Apenas le has tocado. Es como si no pudieras soportar estar cerca de él, y quiero entender por qué.

Matteo la soltó y se le puso el cuerpo tenso porque Keira no tenía derecho a interrogarle así. Y él no tenía por qué responder a su intrusiva pregunta. Podía decirle que se ocupara de sus propios asuntos y que él interactuaría con su hijo cuando estuviera preparado y no siguiendo el ritmo que le marcara Keira. El hecho de que ella le hubiera contado todo aquello de su pasado no implicaba que él tuviera que hacer lo mismo, ¿verdad? Pero en la profundidad de sus ojos pudo ver una intensa compasión, y algo le dijo que no habría modo de avanzar a menos que Keira entendiera por qué era el hombre que era.

Sintió un sabor amargo en la boca. Tal vez todo el mundo guardara cosas ocultas en su interior, cosas realmente dolorosas. Tal vez fuera el modo en que la naturaleza intentaba proteger a las personas.

–Mi madre murió al dar a luz –dijo de pronto.

Se hizo una pausa y luego Keira abrió mucho los ojos.

–Eso es terrible, Matteo –susurró.

Matteo levantó al instante la barrera de autoprotección que se había construido para rechazar la simpatía no deseada de la gente.

–No se puede echar de menos lo que nunca has tenido –se encogió de hombros–. Y he tenido treinta y cuatro años para acostumbrarme. Morir en el parto es por suerte algo muy poco común actualmente. Mi madre fue una de las desafortunadas.

–Lo siento mucho.

–Sí, creo que eso queda claro –Matteo escogió cuidadosamente las palabras–. Nunca antes había tenido contacto con bebés. Sinceramente, nunca había tenido en brazos a ninguno. Pero tienes razón... no es solo la inexperiencia lo que me hace estar receloso –apretó las mandíbulas–. Es la culpabilidad.

—¿La culpabilidad? —repitió Keira sorprendida.

Matteo tragó saliva y las palabras tardaron bastante en salir.

—La gente dice que se enamora al instante de su hijo, pero eso no me pasó cuando miré por primera vez a Santino. Sí, comprobé que tenía todos los dedos y fue un alivio saber que estaba sano, pero no sentí nada.

Matteo se dio un golpe en el corazón con el puño y las palabras le surgieron de la boca como pesadas piedras.

—Y no sé si alguna vez podré.

Keira asintió mientras trataba de sopesar lo que le había dicho. Ahora todo tenía sentido. Aquello explicaba por qué había montado aquel escándalo al descubrir que mantuvo su embarazo en secreto. ¿Y si la historia se hubiera repetido y ella hubiera muerto en el parto como su madre? Nadie habría sabido quién era el padre del bebé porque lo mantuvo en secreto. Podría haber sucedido que su tía y su prima adoptaran a Santino y que creciera sin saber nada de sus raíces.

Sintió otra punzada al ver el dolor en los ojos de Matteo. ¿Cómo debió de ser para él, un hombre tan poderoso, crecer sin el amor de una madre, no haber sentido nunca sus brazos rodeándole en aquellos momentos vitales de unión que seguían al nacimiento? ¿Quién había acunado al pequeño Matteo mientras el cadáver de su madre era trasladado al tanatorio en lugar de volver a casa con su bebé recién nacido? No era de extrañar que le hubiera costado tanto acercarse al pequeño. No sabía cómo hacerlo.

—¿Compensó tu padre el hecho de que no tuvieras madre?

Matteo apretó los labios y luego se rio con amargura.

—La gente hace lo que puede... o no hace nada. Me dejó al cuidado de una sucesión de niñeras jóvenes con las que al parecer se acostaba, así que se marchaban... o la nueva madrastra las echaba. Pero por mucho sexo que tuviera o por muchas mujeres con las que se casara nunca superó la muerte de mi madre. Dejó un vacío en su vida que nada podía llenar.

Keira no podía apartar la mirada de su rostro descompuesto. ¿Habría su padre culpado inconscientemente a su hijo de la trágica pérdida de su amada esposa? Eso podría explicar por qué no estaban unidos. Y tal vez Matteo estaba enfadado con su padre por intentar reemplazarla. Se preguntó si las diferentes madrastras habrían culpado al niño por ser un constante recordatorio de la mujer con la que nunca pudieron competir.

Y la culpabilidad era lo último que necesitaba Matteo, pensó Keira. Ni entonces ni desde luego ahora. Necesitaba comprensión y amor, aunque no creía que quisiera ninguna de las dos cosas. Extendió la mano y se la puso en el tenso y abultado bíceps, pero el músculo permaneció duro como una piedra bajo sus dedos.

—¿Y qué hacemos ahora que hemos sacado todos nuestros fantasmas a la luz? —preguntó Keira con voz pausada.

La mirada de Matteo era firme cuando se apartó de su contacto, como si quisiera recordarle que aquella decisión debía tomarse sin la distracción de los sentidos.

—Eso depende. ¿Dónde quieres ir a partir de aquí?

Keira se dio cuenta de que estaba abierto a la negociación y a un nivel profundo sospechaba que no era algo habitual en sus relaciones. Porque se dio cuenta de que aquello era una relación. Había ido creciendo a pesar de la cautela de ambos, el dolor personal y el poco prometedor comienzo. Tenía el potencial de crecer todavía más, pero solo si ella tenía el valor de darle el afecto que Matteo necesitaba sin pedirle nada a cambio. No podía exigirle que aprendiera a querer a su hijo, solo podía rezar para que lo hiciera. Igual que no podía pedirle que aprendiera a quererla a ella.

—Iré a donde sea —susurró—. Siempre que sea con Santino. Y contigo.

Se inclinó hacia delante y lo besó. Matteo no recordaba que le hubieran besado nunca así. No era un beso cargado de energía sexual, sino con la promesa de algo que no fue capaz de reconocer. Algo que le hacía vibrar los sentidos. Murmuró algo parecido a una protesta cuando Keira se retiró un poco, pero al menos si no le besaba era capaz de pensar con claridad. No entendía la manera en que le hacía sentirse, pero tal vez aquello no importara. Porque el éxito en la vida, como en los negocios, se basaba en el instinto tanto como en el entendimiento. Matteo había comprado algunos hoteles aunque sus compañeros de negocio lo consideraran una locura y los había convertido en lugares de éxito porque en el fondo él sabía que no se equivocaba. Y eso era un poco parecido.

—Aprenderé a interactuar con mi hijo —dijo.

—Es un comienzo —afirmó Keira algo insegura.

La expresión de su rostro sugería que su respuesta se había quedado corta para sus expectativas, pero que lo asparan si prometía que iba a querer a su hijo. ¿Y si no lo conseguía? ¿Y si el hielo que rodeaba su corazón era tan profundo que nada podría atravesarlo?

—Y quiero casarme contigo —añadió de pronto.

El rostro de Keira cambió. Vio en él sorpresa y tal vez un brillo de regocijo que fue rápidamente sustituido por recelo, como si no le hubiera oído bien.

–¿Casarte conmigo? –repitió con incredulidad.

Matteo asintió.

–Para que Santino tenga la seguridad que tú nunca tuviste aunque nuestra relación no dure –dijo con voz firme–. Así estará protegido por mi fortuna, que algún día heredará. ¿No te parece que tiene sentido?

Vio que Keira parpadeaba rápidamente, como si estuviera intentando contener las lágrimas de decepción, pero finalmente asintió.

–Sí, creo que el matrimonio es probablemente la opción más sensata dadas las circunstancias –dijo.

–Entonces, ¿te casarás conmigo?

–Sí. Pero voy a hacer esto solo por Santino. Para darle la legitimidad que yo nunca tuve. Entiendes lo que digo, ¿verdad, Matteo?

Keira le dirigió una mirada desafiante, como si de verdad no le importara... y durante una décima de segundo se le pasó por la cabeza pensar que ninguno de los dos estaba siendo completamente sincero.

–Por supuesto que lo entiendo, *cara mia* –dijo él con tono suave.

Capítulo 11

KEIRA oyó unos pasos a su espalda y se giró para mirar a Claudia, que llevaba un bonito vestido de flores en lugar del uniforme azul que normalmente se ponía para trabajar.

–¿Santino está bien? –le preguntó a la niñera, más por costumbre que por miedo. Hacía una hora le había estado acunando mientras le vestía para la boda de sus padres.

Claudia sonrió.

–Está muy bien, *signorina*. Su padre está jugando con él. Le está enseñando algunas palabras fáciles en italiano que seguramente recordará cuando empiece a hablar.

Keira sonrió, le dio la espalda al reflejo del espejo y se dio el toque final en el peinado aunque no paraba de decirse que el vestido de novia era algo irrelevante y aquella boda un puro trámite. Pero el padre y la madrastra de Matteo iban a asistir a la breve ceremonia, así que pensó que debía esforzarse un poco. Y tal vez si se esforzaba podría suavizar su inevitable decepción cuando vieran que se iba a casar con alguien como ella.

–¿Qué clase de boda te gustaría? –le había preguntado Matteo en el camino de regreso a casa, cuando accedió a casarse con él.

Keira se cubrió las espaldas.

–Tú primero.

También recordó su risa cínica.

—Algo sencillo. Sin mucho bombo. No soy un gran fan de las bodas.

Así que, por supuesto, Keira dijo que una boda sencilla y sin mucho bombo sería perfecta, aunque en el fondo aquello no era en absoluto lo que quería. Ella hubiera preferido toda la parafernalia, flores y confeti, porque cuando era niña el matrimonio le había parecido siempre el ideal perfecto, y le sorprendió sentir aquella absurda punzada en el corazón al darse cuenta de que tenía que simplificar una boda que en realidad no iba a ser una boda, sino un contrato legal en beneficio de su hijo, no algo inspirado en el amor, la devoción o el acuciante deseo de pasar el resto de su vida con alguien.

Así que por parte de Matteo en realidad no contaba.

¿Y por la suya?

Keira se alisó la chaqueta y suspiró. Porque más perturbador que su repentino anhelo de llevar un vestido blanco y largo y un bonito ramo de flores fue el darse cuenta de que lo que sentía por Matteo había empezado a cambiar. ¿Sería porque ahora le entendía un poco mejor? Le había mostrado un destello de su vulnerabilidad y de la sensación de pérdida que se escondía bajo el duro aspecto que presentaba ante el mundo.

Se dijo que no debía tener expectativas poco realistas. No desear cosas que nunca iban a pasar, sino centrarse en ser una buena compañera, en darle a Matteo afecto de un modo tranquilo y claro para que el hielo que rodeaba su corazón empezara tal vez a derretirse y la dejara entrar.

Estaba haciendo todo lo posible por cambiar, eso lo sabía. En los días posteriores a su regreso de la villa de Roma le había prestado a su hijo toda la atención que le negó antes. A veces atendía a Santino cuando se despertaba por la noche. De vez en cuando le daba el biberón y en ocasiones le cambiaba los pañales.

Pero cuando Keira le veía hacer aquellas tareas de padre sabía cuál era la verdad. Solo se trataba de una actuación, Matteo solo cumplía un papel. Estaba siendo un buen padre igual que era un buen amante, porque era un hombre que todo lo que hacía lo hacía bien. Pero lo que le movía era el deber. No tenía el corazón puesto ahí, eso estaba claro. Y mientras ella lo aceptara todo iría bien.

Se apartó del espejo y se preguntó si se le habría olvidado algo más que hacer. Massimo, el padre de Matteo, y su esposa, Luciana, habían llegado hacía muy poco porque había mucho atasco para llegar allí desde Roma. Tenían que estar en el ayuntamiento a las doce, así que Keira apenas tuvo tiempo para cruzar unas palabras de bienvenida y presentarles a su nieto. Estaba muy nerviosa, como no podía ser de otra manera. A la mayoría de la gente no le tocaba conocer a sus suegros el mismo día de la boda.

Massimo parecía un oso, tenía una constitución más robusta que su hijo, aunque los ojos eran iguales. Luciana era una mujer elegante de cincuenta y tantos años que sin duda se había sometido a alguna operación de cirugía estética.

Keira bajó las escaleras con el corazón latiéndole a toda prisa por una ansiedad que parecía aumentar a cada segundo. ¿Sería porque había percibido la expresión de asombro de Luciana cuando las presentaron? Tal vez se preguntara cómo era posible que aquella inglesa tan poquita cosa hubiera conseguido arrancarle una promesa de matrimonio al magnate italiano.

Pero la expresión de Matteo hizo que se derritiera cuando llegó al vestíbulo en el que la estaban esperando. Vio cómo se le encendían los ojos y se le elevaban las comisuras de los labios en una inconfundible sonrisa de admiración. Le tomó la fría mano y se la besó.

–*Sei bella, mia cara* –murmuró con dulzura–. *Molto bella.*

Keira pensó que solo se lo decía porque se esperaba que el novio le hiciera algún cumplido a la novia, pero no pudo negar la sensación de satisfacción que le recorrió la espina dorsal. Porque quería que la mirara y la encontrara bella, por supuesto. Leola, la estilista, había enviado desde Roma una selección de trajes de novia y Keira había elegido el que le pareció más favorecedor pero también más apropiado. Rechazó los más vaporosos y optó por la funcionalidad en lugar del cuento de hadas. La tela gris plateado del vestido y la chaqueta le recordaba a una helada mañana de invierno, pero sin duda casaba con su pelo oscuro. El único toque de color eran los zapatos turquesa con el bolsito a juego. Rechazó la propuesta de Leola de llevar flores.

Al menos Massimo Valenti parecía encantado con su nieto. Keira fue en uno de los coches con él al cercano pueblo y vio cómo se pasó todo el trayecto haciéndole carantoñas al niño. Aquello le hizo preguntarse por qué no había estado más cerca de su propio hijo... pero no había tiempo para preguntas porque ya estaban llegando al ayuntamiento, donde Matteo esperaba para presentarle al traductor, una exigencia de la ley italiana.

Veinte minutos más tarde salió del edificio convertida en una mujer casada y Matteo la agarró de la cintura.

–¿Cómo te sientes al ser la señora Valenti? –le preguntó con voz dulce.

A Keira le latía el corazón a toda prisa cuando le miró a los ojos.

–Pregúntamelo otra vez la semana que viene –dijo jadeante–. Ahora mismo me parece un poco irreal.

–Tal vez esto te ayude a aceptar la realidad, *mia sposa* –dijo él.

Y allí, bajo la ondeante bandera de Italia del ayuntamiento, los labios de Matteo reclamaron los suyos con un beso que no le dejó la menor duda de que preferiría estar en un lugar más íntimo, a ser posible con ella desnuda y en posición horizontal. Aquello le despertó una respuesta hambrienta y le recordó el hecho increíble de que parecía no tener nunca suficiente de ella. Se lo demostraba cada noche cuando cubría su cuerpo tembloroso con el suyo. ¿Acaso no era suficiente?, se preguntó Keira mientras volvían a la finca juntos. El anillo de oro le brillaba en el dedo mientras recolocaba la delicada toquilla de Santino. ¿Era su cautela inherente lo que la llevaba a preguntarse si su relación con Matteo era tan superficial como el azúcar glasé que había sobre la tarta nupcial que la cocinera había preparado?

Pero cuando Matteo cruzó el umbral con ella en brazos le pareció real. Y, cuando regresó de dejar a Santino durmiendo la siesta y de quitarse la chaqueta gris plateado para dejar al descubierto el vestido de seda que había debajo, Matteo la esperaba en el pasillo en penumbra.

La llevó a una alcoba silenciosa, le puso la mano en el corazón que le latía con fuerza y ella se lamió los labios en anticipación porque el pezón se le puso duro al instante bajo su contacto.

–¿No te gustaría tener una varita mágica y poder

hacer que todo el mundo desapareciera? –le preguntó Matteo.

Keira se estremeció al sentir cómo se intensificaba la lenta caricia sobre el pezón.

–¿Eso no es un poco antisocial?

–Me siento antisocial –murmuró él deslizándole los labios por la curva de la mandíbula antes de subir hacia la boca–. Quiero estar a solas con mi flamante esposa.

Keira le besó también mientras sus palabras despertaban un nuevo susurro de esperanza en ella, y se preguntó si estaría mal permitirse aquella esperanza el día de su boda.

–Eres el mismo hombre que en una ocasión me habló de los beneficios de esperar –bromeó–. ¿Por qué no pones a prueba tu teoría?

Matteo se rio mientras la apartaba de sí. El gesto de sus labios contradecía el deseo de sus ojos, y él sacudió ligeramente la cabeza preguntándose qué clase de hechizo le habría lanzado. Estaba acostumbrado a los trucos de las mujeres, pero Keira no usaba ninguno de ellos. No era deliberadamente provocadora cuando estaba cerca de él ni tenía aquel aire de vanidad de quien se regocijaba en su poder sobre los hombres. Al contrario, en público era casi recatada mientras que en privado era una bomba. Y aquello también le gustaba. Le gustaba y le perturbaba a partes iguales. Le dejaba siempre queriendo más, aunque no sabía más de qué. Era como una bebida que tomas cuando tienes la garganta seca y al acabar te das cuenta de que la sed es todavía más intensa.

Matteo le deslizó los dedos por el vientre mirándola fijamente mientras permanecían ocultos bajo las sombras de la escalera. Resultaba difícil pensar que un niño hubiera crecido bajo aquella figura tan delgada.

–Quiero que sepas que eres una madre increíble –dijo de pronto–. Y que Santino es muy afortunado.

Matteo vio la sorpresa encerrada tras el repentino brillo de sus ojos. Se notó que tuvo que hacer un esfuerzo por contenerse.

–No me hagas emocionarme, Matteo –susurró–. Tengo que entrar ahí y mantener una conversación con tu padre y tu madrastra y no daré una buena impresión si entro balbuceando.

Pero Matteo ignoró su dulce súplica porque sabía que necesitaba expresar algo que se había ido convirtiendo poco a poco en una certeza. Se lo debía.

–No debí llevarte a Roma cuando lo hice y hacer que dejaras al niño aquí –reconoció–. Por muy bien cuidado que estuviera. Ahora veo que es mucho pedir para una madre primeriza en un país desconocido.

Matteo vio cómo se mordía el labio inferior y pensó que iba a echarse a llorar, pero de pronto Keira sonrió y fue como si el sol de verano lo bañara de pronto con su luz y su calor aunque fuera hiciera frío.

–Gracias –respondió ella con tono algo tembloroso–. Te quiero por haber dicho eso.

Matteo se quedó muy quieto.

–¿De verdad?

Una expresión de horror recorrió el rostro de Keira al darse cuenta de lo que había dicho.

–No quería decir que...

–¿No? –murmuró Matteo–. Qué decepción.

Keira se dijo que solo estaba bromeando cuando la llevó al salón, pero sintió que estaba flotando cuando tomó a un dormido Santino de los brazos de oso de Massimo y lo acunó contra el pecho. ¿Acababa de admitir Matteo que se había equivocado al llevársela a Roma y le había dicho además que era una buena madre? No era que lo reconociera en sí, sino el hecho de que estuviera empezando a aceptar que todas y cada una de las personas se equivocaban a veces.

Y ella había bajado la guardia lo suficiente como para decirle que le quería. No lo hizo de un modo dramático ni esperaba una respuesta recíproca. Lo había dicho con cariño y se dio cuenta de que Matteo lo necesitaba. ¿Cuántas veces le habían dicho que lo querían cuando era un niño? Tenía la sospecha de que muy pocas.

Todavía en una nube por el impacto de la conversación, Keira rechazó la copa de champán que le ofrecieron y aceptó a cambio una naranjada.

Pero Santino empezó a retorcerse entre sus brazos, así que se dirigió discretamente al cuarto del niño para darle de comer y cambiarle el pañal antes de acunarle hasta que se quedó completamente dormido. Entonces lo dejó en la cuna. Estaba a punto de salir cuando se sobresaltó al ver a Luciana, que había aparecido de pronto en el umbral de la puerta. Keira se preguntó si se habría equivocado de habitación o si querría acunar un rato a Santino, pero la extraña sonrisa del rostro de la mujer hizo que por alguna razón sintiera escalofríos en la espina dorsal.

—¿Va todo bien, Luciana? —le preguntó con educación.

Luciana se encogió de hombros.

—Depende de lo que entiendas por ir bien. Para mí ha sido una decepción que mi hijo y su familia no hayan sido invitados a la ceremonia de hoy.

—Bueno, ya has visto lo que es —Keira esbozó una sonrisa nerviosa porque Matteo le había dado a entender que no había ningún cariño entre su hermanastro, Emilio, y él—. Queríamos una boda muy pequeña.

—Sí —Luciana agarró una foto enmarcada de Santino y la observó fijamente—. Y además, habría sido muy difícil para Emilio dadas las circunstancias.

Keira parpadeó.

–¿Qué circunstancias?

La otra mujer volvió a dejar la foto en su sitio y alzó las cejas con elegancia.

–Me refiero a la cláusula del testamento de mi marido, por supuesto.

A Keira empezó a latirle con fuerza el corazón dentro del pecho.

–¿Qué cláusula?

–Seguro que Matteo te lo ha contado –Luciana parecía sorprendida–. Aunque quizá no. Siempre ha sido un hombre muy reservado –su expresión se volvió de pronto astuta–. ¿Sabes que esta casa era de la primera mujer de Massimo?

–¿De la madre de Matteo? Sí, eso lo sabía. Aquí nació y creció, es una de las razones por las que a Matteo le gusta tanto este sitio.

Luciana se encogió de hombros.

–Desde que Matteo cumplió los dieciocho años, Massimo le ha permitido generosamente a su hijo que utilice esta hacienda como si fuera suya. En todos los aspectos, esta era la casa de Matteo –hizo una pausa–. Pero cuando los hombres se hacen mayores les suceden cosas extrañas. Quieren dejar un legado detrás. Estoy hablando de la continuidad del apellido Valenti, por supuesto. Yo soy abuela y entiendo ese deseo.

A Keira le daba vueltas la cabeza.

–Sinceramente, Luciana, no sé dónde quieres llegar.

–Ah, ya veo que no sabes nada de este asunto –Luciana sonrió con dureza–. Es muy sencillo. Matteo quiere esta casa por razones obvias, pero no es su dueño legal. Y Massimo le dijo que iba a dejarle toda la hacienda a su hijastro a menos que Matteo tuviera un heredero que continuara con el apellido Valenti.

Luciana encogió los huesudos hombros.

–Me preguntaba si alguna vez sería capaz de renunciar a su libertad por tener un heredero, y más teniendo en cuenta que siempre ha mostrado cierto... desdén por las mujeres. Y, sin embargo, aquí estás tú, una joven inglesa que llegó con un bebé en brazos y consiguió un anillo de boda por las molestias. La solución perfecta para los problemas de Matteo.

–¿Estás... estás diciendo que Matteo habría perdido esta casa si no hubiera tenido un heredero?

–Eso es exactamente lo que digo. Él gana y mi hijo pierde –Luciana suspiró–. *C'est la vie*.

Keira estaba tan impactada que por un instante le pareció que le iban a fallar las rodillas. Tragó saliva y trató de recomponerse. Sabía que debía abandonar la tóxica compañía de Luciana antes de decir o hacer algo de lo que pudiera arrepentirse.

–Si me disculpas, tengo que volver a la fiesta –dijo.

Le pareció ver que un destello de desilusión cruzaba el rostro de Luciana. Pero Keira iba a atravesar el día con la dignidad intacta. Matteo se había casado con ella para poder ponerle las manos encima a aquella propiedad, así que le dejaría disfrutar de su breve victoria. No serviría de nada montar una escena el día de su boda.

Se las arregló sin saber cómo para sobrevivir al resto de la tarde, recibiendo las miradas interrogantes de Matteo con una sonrisa agitada mientras todo el mundo excepto ella disfrutaba del almuerzo nupcial. Seguramente él se dio cuenta de que algo no iba bien y por eso tenía su negra mirada clavada en ella.

Keira se sintió aliviada cuando por fin se fueron Massimo y Luciana, aunque su suegro le dio un enorme abrazo inesperado que le provocó un nudo en la garganta. Dejó a Matteo despidiendo a Paola y al resto del personal y corrió a atender a Santino. Pasó más tiempo con él del que habría hecho falta en los preparativos para la noche.

Cuando salió del cuarto de su hijo se fue al dormitorio. Tenía las manos sudorosas cuando se quitó el vestido de la boda y lo dejó sobre una silla. Animada por Leola, tenía pensado sorprender a Matteo con el vestido más corto que se había puesto en su vida. Un vestido ajustado solo para sus ojos. Quería ponérselo para ver su mirada de admiración, pero ahora optó por unos vaqueros y un suéter. No podía soportar la idea de arreglarse. Los motivos de Matteo para casarse con ella hacían que se sintiera fea por dentro.

Aunque nada le hubiera gustado más que meterse en la cama sola, subirse la sábana hasta la cabeza y dejar el mundo fuera, sabía que no era una opción. Solo tenía una forma posible de actuar, pero no podía negar la sensación de miedo que se apoderó de ella cuando entró en la sala que daba al jardín de atrás. Matteo estaba al lado de la chimenea, guapísimo con su traje gris. «No me toques», le rogó ella en silencio, aunque su cuerpo deseaba desesperadamente que lo hiciera. Y tal vez algo le alertó de cómo se sentía, porque Matteo entornó la mirada y no hizo amago de acercarse a ella.

La miró con gesto sombrío.

—Algo va mal.

Era una afirmación, no una pregunta, pero Keira no respondió al instante. Se permitió unos segundos más antes de que todo cambiara para siempre. Unos segundos finales en los que podía fingir que eran unos recién casados a punto de embarcarse en una vida en común.

—Se podría decir que sí. He tenido una conversación muy interesante con Luciana antes —aspiró con fuerza el aire y de pronto las palabras salieron como ácido corrosivo–. ¿Por qué no me dijiste que te casabas conmigo solo para tener acceso a tu herencia? –inquirió–. Si hubieras tenido el valor de contármelo, habría entendido que esta casa solo podría ser tuya si tenías un hijo legítimo.

Matteo no se inmutó. Tenía la mirada dura y firme.

–Porque la herencia se volvió irrelevante. Me casé contigo porque tú y mi hijo me importáis y porque quiero que construyamos un futuro juntos.

Keira deseaba creerle. La niña que anhelaba un vestido blanco largo y un enorme ramo de flores anhelaba que fuera verdad. Pero no podía creerle. En el pasado también tuvo la impresión de que estaba leyendo un guion que a la mayoría de la gente le resultaría emotivo. Y ahora volvía a hacerlo.

«Tú y mi hijo me importáis».

Sonaba como un robot soltando la respuesta correcta, no como alguien hablando desde el corazón. Aquella ausencia de emoción era la clave. Keira lo había sabido desde el principio. Conocía las razones por las que era así y, llena de esperanza y confianza, estaba preparada para aceptarlo. Se mordió el labio inferior. Y, mientras tanto, Matteo había estado planeando utilizarla como un peón para quedarse con la hacienda.

–Sé que eres un hombre reservado que no muestra muchas cosas –le acusó temblorosa–. Pero dime, ¿cuánta gente más va a salir de la nada para contarme cosas sobre ti que yo no sé? ¿Puedes entender cómo me sentí cuando supe por Luciana que me habías estado manipulando para convencerme de que me casara contigo? Creí... creí que lo hacías por el futuro de tu hijo, y en realidad lo que quieres es no perder un trozo de tierra que consideras tuyo por derecho. Tú no quieres una familia en realidad, me has utilizado como si fuera una especie de incubadora.

–Hay un error de base en tu argumento –afirmó Matteo–. Si heredar esta hacienda significa tanto para mí, ¿por qué no tuve un hijo con otra mujer mucho antes de conocerte a ti?

–Porque creo que en realidad las mujeres no te caen bien –respondió Keira lentamente–. O tal vez no las entiendes, sencillamente. No conociste a tu madre y murió de manera tan trágica que es inevitable que la tengas idealizada. Tendría sus defectos, igual que todo el mundo, pero tú nunca llegaste a verlos. Ninguna mujer podría llegar nunca a su altura y tal vez esa sea una de las razones por las que nunca sentaste la cabeza.

Keira aspiró con fuerza el aire antes de continuar.

–Y entonces aparecí yo y te evité tener que tomar decisiones. De una noche robada que en principio no iba a significar nada más que eso surgió de pronto un heredero. No tuviste que pasar por todo el tedioso ritual de cortejar a una mujer que no te importa para conseguir un hijo. El destino lo hizo por ti. De pronto tenías todo lo que necesitabas sin tener que hacer ningún esfuerzo.

Matteo palideció.

–¿Tan despiadado me consideras?

Ella se encogió de hombros.

–No lo sé –respondió con la voz algo quebrada–. Tal vez te importemos... un poco. Y has alcanzado tu punto máximo. Pero ese no es el tema. Yo pensaba que crecer sin padre fue difícil, pero al menos sabía en qué punto estaba. Puede que haya estado muy triste en ocasiones, pero era algo sincero, y tú no has sido sincero conmigo –Keira tragó saliva–. Tengo la sensación de estar en las sombras de tu vida, como si fuera alguien observando la acción entre bambalinas. El modo en que te relacionas conmigo y con el niño me parece una actuación, no algo real. ¿Cómo iba a ser de otra manera si Santino y yo solo hemos sido los medios para conseguir un fin?

Matteo se estremeció al ver la acusación de sus ojos, porque nadie le había hablado nunca con tanta franqueza.

–Para ser alguien tan menuda no te andas con chiquitas, ¿verdad, Keira?

–¿Qué sentido tiene andarse con chiquitas? Lo único que nos queda es la verdad –dijo con cansancio–. Ya tienes lo que querías, Matteo. Ahora estamos casados y tu hijo es legítimo. El apellido Valenti no se perderá y por lo tanto heredarás esta hacienda. Ya no me necesitas.

Matteo sintió una punzada en el pecho y su impulso fue decirle que tenía razón... que no necesitaba a nadie. Se había pasado la vida sin necesitar a nadie porque no había nadie en quien apoyarse. ¿Por qué iba a cambiar de patrón ahora? Aunque una emoción desconocida se estaba abriendo paso en su interior, algo que le decía que eso era distinto.

–¿Y si te digo que sí te necesito? –preguntó con brusquedad mientras intentaba articular la confusión de pensamientos que le daban vueltas en la cabeza.

Keira abrió mucho los ojos y Matteo vio la preocupación reflejada en su azul profundo.

–¿Eso es así? –le preguntó con incertidumbre.

El tiempo que le llevó a Keira formular aquella pregunta fue el que Matteo necesitó para poner las cosas en perspectiva, porque sabía que no debía ofrecerle falsas promesas ni falsas esperanzas. Se merecía algo más que eso. Así que decidió limitarse a los hechos. Los hechos se le daban bien. Dejaría que Keira considerara las ventajas de quedarse allí siendo su esposa.

—Por supuesto —aseguró—. Y desde el punto de vista de la logística tiene todo el sentido.

—¿La logística? —repitió ella con un hilo de voz.

—Claro —Matteo se encogió de hombros—. Si todos vivimos juntos como una familia bajo el mismo techo será mucho mejor para Santino. Mejor que tener un padre que solo le ve en vacaciones.

—Claro, eso tiene sentido —murmuró Keira con tono neutro.

—Y ahora estoy casado contigo, Keira —le recordó él—. Te he dado la seguridad de llevar mi apellido. Tienes el futuro asegurado. No necesitas volver a preocuparte del dinero nunca más.

—¿Crees que esa es la cuestión, el dinero? —preguntó Keira con voz temblorosa.

—No la principal, pero sí en gran medida. Y tenemos muchas otras razones para que nuestro matrimonio continúe —esbozó su lenta sonrisa—. Como la química sexual que existe entre nosotros. El hecho de que seas la mujer más apasionada que ha pasado nunca por mi cama.

Keira contuvo el aliento y lo miró fijamente, como si fuera la primera vez que lo tenía delante.

—No lo entiendes, ¿verdad, Matteo? Has hecho una lista de todas las razones por las que debería quedarme y no has mencionado nada que de verdad importe.

Matteo dio un respingo de dolor al encontrarse con la rabia de su mirada, pero al mismo tiempo experimentó una extraña sensación de alivio al darse cuenta de que ya no tenía que seguir intentándolo. Keira se iba a ir y se llevaría a su hijo con ella, y tendría que aprender a vivir con ello. Y además, pensó, ¿para qué querría prolongar una relación si podía hacer tanto daño? Había hecho la promesa de no permitir que nadie volviera a hacerle daño nunca más.

–De acuerdo, lo entiendo. ¿Qué es lo que quieres? –Matteo alzó las palmas de las manos en un gesto de sumisión, y el repentino temblor de los labios de Keira le hizo pensar que tal vez diera marcha atrás.

Pero lo único que dijo fue:

–Quiero que nos separemos.

Matteo se dijo que era mejor así. Que era mejor volver a la vida a la que estaba acostumbrado y ser la persona que sabía ser mejor que ir en busca del brillo dorado que Keira había llevado a su mundo.

–Dime qué quieres en términos prácticos –murmuró.

Vio que Keira tragaba saliva antes de asentir con la cabeza.

–Me gustaría regresar a Londres lo antes posible y alquilar algo antes de decidirme a comprar –dijo antes de aspirar con fuerza el aire–. Pero quiero que sepas que solo aceptaré lo necesario para nuestras necesidades y que no tienes de qué preocuparte. No tengo pensado crear un gran agujero en tu riqueza.

Y aquello le llegó, porque no podía acusarla de codicia. Se dio cuenta de que no estaba interesada en su dinero y de que nunca lo había estado. Había agarrado el dinero en efectivo que él dejó en la mesilla y lo entregó. Había intentado por todos los medios que no le renovara el guardarropa con prendas caras. Se dio cuenta de que era una joya de mujer, brillante y luminosa. Pero era demasiado tarde para ellos. Eso le decía la expresión fría y dolida de su hermoso rostro. Así que se dijo que debía dejarla marchar. Darle su libertad. Era lo menos que podía hacer por ella.

–Eso puede arreglarse –dijo–. Pero a cambio necesito que me asegures que seguiré viendo a mi hijo.

El rostro de Keira reflejó sorpresa, y Matteo se preguntó si no esperaba en el fondo que cortara toda atadura con el niño.

–Por supuesto. Puedes ver a Santino todo lo que quieras –aseguró en voz baja–. Nunca te negaría a tu propio hijo, Matteo, y espero que lo veas con mucha frecuencia porque... porque te necesita. Eres su papá.

Matteo sintió un nudo en la garganta y se alejó de la llama del fuego.

–Me gustaría darle las buenas noches ahora –le pidió.

Ella asintió e hizo amago de seguirle.

–A solas –murmuró Matteo.

Pero le pesaba el corazón cuando iba caminando hacia la habitación de Santino, como si tuviera una piedra oscura alojada dentro del pecho. Había una suave luz encendida dentro y Matteo se quedó mirando al niño dormido. Recordó la primera vez que lo vio. Cuando le contó los dedos de los pies y las manos no había sentido nada.

Pero esa vez sí.

Esa vez apenas podía distinguir algún detalle de su hijo dormido porque tenía la visión completamente nublada. Aunque fuera ya tarde, su corazón se había abierto para dejar paso a la emoción que surgió poderosa y con dolor. Y Santino se movió cuando las lágrimas de Matteo cayeron como lluvia sobre la delicada sabanita blanca.

Capítulo 12

LLOVÍA cuando Keira regresó del paseo. Acababa de quitarle la correa a Charlie cuando se fijó en que había una carta en el centro de la mesa del recibidor. Claudia debía de haberla dejado allí. Torció el gesto. Una más.

La carta tenía sello de Italia. La metió rápidamente en un cajón encima de las demás, porque no era capaz de tirarlas. Su renuencia a librarse de la pila de correspondencia era igual a la renuencia a leerlas porque eran de Matteo. Reconocía la letra. ¿Y para qué arriesgarse a leerlas y que el agujero que tenía en el corazón se hiciera todavía más grande? ¿Por qué le escribía si le había dicho que era mejor que se comunicaran a través de sus abogados? ¿Por qué había optado arrogantemente por no hacerle caso?

Porque ella estaba luchando con todas sus fuerzas para no hundirse. Por no dejarse llevar por las lágrimas que le ardían en los ojos por la noche cuando se tumbaba en la cama y echaba de menos el cálido abrazo de su marido. Estaba decidida a centrar toda su energía en estar ahí para Santino, en ser la mejor madre posible, y no creía que fuera posible si estaba todo el tiempo pensando en Matteo.

Se había preguntado si su decisión de mantener un contacto cercano con su hijo se disiparía cuando Santino y ella se fueran de Umbría, pero para su sorpresa no fue así. Ya había ido dos veces de visita y solo llevaban en Inglaterra poco más de quince días. En ambas ocasiones, Keira se había ausentado de la casa y dejó al bebé a cargo de Claudia, quien había estado encantada de irse con ella a Inglaterra.

Tal vez a la gente le pareciera una forma de cobardía, pero no podía soportar la idea de enfrentarse al hombre con el que no había compartido siquiera la noche de bodas. Pero daba igual lo que la gente pensara, lo importante eran su hijo y ella. Antes o después confiaba en ser capaz de saludarle con un auténtico aire de indiferencia, pero por el momento temía echarse a llorar si le veía y confesarle cuánto le echaba de menos.

Había alquilado una casa con el dinero que Matteo le daba. Una casa individual con jardín en Notting Hill. Y también adoptó un perro con una oreja torcida y los ojos más tristes que había visto en su vida. En el refugio le dijeron que le habían golpeado mucho y que tenía miedo, pero en cuanto vio a Keira se lanzó a sus brazos. Charlie era lo mejor que les había pasado desde que volvieron a Inglaterra, y reforzó su intención de darle a Santino una infancia apropiada. La que ella nunca tuvo, con un perro y una madre que siempre le esperaba cuando volvía a casa del colegio.

Se quitó el impermeable y subió las escaleras para ir a la habitación del niño. Claudia acababa de acostarlo. La joven se puso de pie cuando ella entró y Keira se preguntó por qué se había sonrojado tanto. Se acercó a la cuna y el corazón se le llenó de amor al ver a su hijo dormido.

—Parece feliz —murmuró inclinándose para darle un beso en la suave piel de la mejilla.

—Debería serlo después del paseo tan largo que le has dado esta mañana —afirmó Claudia.

—Menos mal que no nos pilló la lluvia —Keira miró

con indolencia por la ventana mientras corría las cortinas.

Se hizo una pausa.

–¿Te importa que hoy salga antes de lo previsto? –preguntó Claudia.

–Por supuesto que no –Keira sonrió porque sabía que la otra mujer había iniciado una amistad con un hombre al que conoció en la embajada de Italia–. ¿Es una cita?

Claudia sonrió mientras se ponía el dedo índice en los labios. Keira estaba tan ocupada ordenando la habitación del niño que no se dio cuenta de que la niñera salía, aunque escuchó un ruido distante en la puerta de entrada. Apagó la luz y estaba a punto de bajar las escaleras cuando empezó a sonarle el móvil y se lo sacó del bolsillo de los pantalones. Frunció el ceño al ver el nombre de Matteo en la pantalla.

Empezó a sentir una gran furia por dentro. Le había pedido que no le escribiera y no le hizo caso. Le había pedido que no la llamara y tampoco le estaba haciendo caso. Entonces, ¿por qué lo hacía? Contestó la llamada.

–Más vale que sea urgente –le dijo.

–Lo es.

Keira frunció el ceño.

–¿Qué pasa?

–Necesito verte.

Ella también necesitaba verlo, pero de ahí no podía salir nada bueno. Le haría desear lo que nunca podría tener y lo que desde luego no necesitaba, un hombre que había atraído a una mujer hacia el matrimonio con la única intención de heredar una casa.

–Creí que habíamos decidido que no era una buena idea.

–No, Keira. Lo decidiste tú.

Ella volvió a fruncir el ceño. ¿No debería acceder a verle solo una vez y terminar con aquello? Endurecer su corazón ante sus propios deseos y escuchar lo que Matteo tenía que decir.

—Muy bien —murmuró—. Vamos a concertar una cita.

—Ahora —le espetó él.

—¿Cómo que «ahora»?

—Quiero verte ahora —gruñó él.

—Matteo, tú estás en Italia y yo en Inglaterra. A menos que hayas descubierto el secreto de la teletransportación, me temo que va a ser imposible.

—Estoy abajo.

Keira se quedó paralizada.

—¿Qué has dicho?

—Estoy abajo —el eco se hizo más fuerte—. Voy subiendo.

Con el corazón latiéndole con fuerza, Keira salió a toda prisa del cuarto de Santino y vio a Matteo con el móvil pegado a la oreja subiendo las escaleras hacia ella. Tenía el rostro más serio que había visto en su vida. Cerró el móvil y se lo guardó en el bolsillo de los pantalones.

—Hola —la saludó. Pero no logró ocultar la tensión y el dolor que tenía escritos en las facciones.

Keira deseaba hacer varias cosas a la vez. Golpearle el pecho con los puños una y otra vez. Y acercar su rostro moreno al suyo y besarle hasta que no le quedara aliento.

—¿Qué estás haciendo aquí? —inquirió.

—Necesito hablar contigo.

—¿Por qué tienes que ser tan dramático? Me has asustado —le miró con recelo—. No tienes llave, ¿verdad?

—No —admitió él.

–¿Y cómo has entrado?

–Claudia me dejó pasar antes de irse.

–¿Te dejó pasar? –repitió Keira furiosa–. ¿Y por qué haría algo así?

–Porque yo se lo he pedido.

–Y supongo que lo que tú dices es lo que importa porque eres el que tiene el dinero –afirmó ella con desprecio.

–No –Matteo aspiró con fuerza el aire–. Yo soy el que tiene el corazón roto.

Era algo tan increíble que Keira pensó que le había escuchado mal. Estaba demasiado ocupada pensando que tenían que apartarse de allí por si Santino se despertaba al oírles hablar.

–Ven conmigo –le dijo.

Matteo siguió el movimiento de sus caderas embutidas en vaqueros mientras bajaban las escaleras y observó cómo la cola de caballo le acariciaba la espalda con cada decidido paso que daba. El lenguaje corporal de Keira no era muy prometedor, ni tampoco su actitud. Pero no podía esperar que se derritiera de gusto cuando volviera a verla, ni que le diera el abrazo que Matteo tanto había echado de menos, como si todo aquel asunto de la traición no hubiera tenido lugar.

Sintió un nudo en la garganta. Había intentado hacerlo a su manera, pero se dio cuenta de que Keira estaba preparada para apartarle de su vida para siempre si se lo permitía.

Y no podía permitirse perderla.

Llegaron a un precioso salón de techos altos dominado por un árbol de Navidad que brillaba frente a uno de los altos ventanales. Fragante y verde, estaba cubierto de luces y pequeñas estrellas y rematado por un ángel. En la base había un montoncito de regalos envueltos con lazos, y Matteo pensó que resultaba muy hogareño. Y, sin embargo, no estaba conectado a nada de ello. Seguía siendo un extraño. El niño sin madre que nunca se había sentido parte de la Navidad.

¿Y qué iba a hacer al respecto?, se preguntó cuando Keira se dio la vuelta y se quedaron mirándose como dos combatientes.

—Querías hablar —le dijo ella sin más preámbulos—. Así que habla. ¿Por qué te has colado en mi casa de esta manera?

—No contestas a mis cartas.

Keira asintió y la brillante coleta de cabello negro le bailó alrededor de los hombros.

—Te dije que quería que toda la comunicación escrita se hiciera a través de nuestros abogados.

—¿De verdad crees que mi abogado quiere oír que te amo? —inquirió Matteo con un susurro.

Ella abrió los labios y parecía que iba a decir algo, pero luego los cerró con firmeza como una ostra que se cerrara.

—¿Y que te he echado de menos como nunca creí posible? —continuó con insistencia—. ¿O que siento que mi vida sin ti está vacía?

—No me hagas perder el tiempo con tus mentiras, Matteo.

—No son mentiras. Es la verdad.

—No te creo.

—Sabía que no me creerías —aspiró con fuerza el aire—. Esa es la razón por la que te escribí las cartas.

—Las cartas —repitió ella pasmada.

—Sé que te llegaron porque se lo pregunté a Claudia. ¿Qué has hecho con ellas, Keira? ¿Las has tirado? ¿Les has prendido fuego?

Ella sacudió la cabeza.

—No. Las tengo todas.

–Entonces, me gustaría pedirte que las trajeras.

Charlie eligió aquel momento para entrar en el salón moviendo la cola y mirando con ojos brillantes y curiosos a aquel desconocido, Keira vio cómo Matteo se agachaba y le ofrecía la mano al perro. Charlie se acercó con cautela y aquello le debilitó las defensas, haciendo que se diera cuenta de que seguía temblando cuando lo tenía cerca, así que accedió a su extraña petición. Al menos dejar la estancia y su perturbadora presencia le daría la oportunidad de recuperarse y calmar el fuerte latido de su corazón.

Entró despacio en el recibidor para sacar la pila de sobres del cajón y luego regresó al salón sosteniéndolos entre los dedos con cuidado como si fuera una bomba a punto de estallar. Para aquel entonces Charlie estaba completamente entregado, y, cuando Matteo se incorporó y dejó de acariciarlo, el perro gimió en protesta. Keira se preguntó cómo era posible que se las hubiera arreglado para encandilar tan deprisa al tímido animal. Pero recordó que lo habían encontrado dentro de un saco al lado de la carretera, el único superviviente entre sus hermanos muertos. Charlie también había crecido sin madre, pensó con un nudo en la garganta.

–Toma –dijo tendiéndole las cartas.

–¿No quieres abrirlas?

Keira negó con la cabeza.

–La verdad es que no.

–Entonces será mejor que te diga lo que hay escrito dentro –afirmó Matteo sin apartar los ojos de ella mientras se las quitaba de las manos–. Todas son cartas de amor. Excepto una.

Keira entornó la mirada en un gesto escéptico.

–¿Y esa otra qué es, una carta de odio? –se burló.

–Estoy hablando en serio, Keira.

–Y yo también. Cualquiera puede escribir palabras en un papel y no sentirlas de verdad.

–Entonces, ¿qué te parece si lo resumo y te las digo en voz alta?

–No.

Pero pronunció aquella única palabra tan bajo que Matteo apenas la oyó, y además no tenía intención de hacerle caso.

–En realidad, son tres palabras –susurró–. Te amo, Keira. Y te lo voy a repetir para que no haya malentendidos. Te amo y he sido un idiota. Tendría que haber sido sincero contigo desde el principio, pero...

Matteo aspiró con fuerza el aire por la nariz y luego lo exhaló.

–Mi forma de funcionar era guardarme las cosas dentro. Era el único modo que conocía. Pero créeme si te digo que cuando te pedí que te casaras conmigo no estaba pensando en la casa. Mi mente estaba llena de ti. Lo sigue estando. No puedo dejar de pensar en ti y no quiero hacerlo. Así que te pido que me des otra oportunidad, Keira. Que nos des otra oportunidad. A ti, a mí y a Santino. Eso es todo.

Keira no dijo nada durante un instante y cuando habló empezó sacudiendo la cabeza, como si lo que Matteo pidiera fuera imposible.

–¿Eso es todo? –gimió–. ¿Después de todo lo que ha pasado? No sabes lo que me estás pidiendo, Matteo.

–Claro que lo sé –afirmó él–. Te estoy pidiendo que seas mi mujer de verdad. Con total sinceridad entre nosotros a partir de ahora, porque eso es lo que quiero. Lo quiero más que nada –bajó el tono de voz–. Pero soy consciente de que solo puede funcionar si tú también me amas. En una ocasión me susurraste que sí, en un pasillo oscuro el día de nuestra boda. Pero tal vez no lo dijeras de verdad.

Keira apretó con fuerza los labios para tratar de contener aquel estúpido temblor de emoción. Por supuesto que lo había dicho de verdad: cada palabra. La cuestión era si él también. ¿Sería posible que la amara de verdad o aquello no era más que un medio para un fin, la declaración manipuladora de un hombre decidido a recuperar a su heredero? O tal vez no fuera más que el orgullo negándose a permitir que una mujer lo rechazara.

Pero había algo que le impedía obstinadamente aceptar la versión más triste de sus razones para estar allí. Tal vez fuera la angustia que podía ver en sus ojos negros, tan profunda que incluso ella en su inseguridad no creía que estuviera imaginándosela. Se pasó la punta de la lengua por los labios, preguntándose si sería demasiado tarde para ellos hasta que se dio cuenta de lo que eso significaría.

Que Matteo se marcharía de su vida y sería libre para iniciar otra vida con otra persona, mientras que ella no sería capaz de olvidarle.

Y no iba a permitir que eso sucediera. Porque, ¿cómo iba a ignorar la llama de su corazón y la brillante chispa de esperanza que estaba empezando a correrle por las venas?

—He intentado no amarte —admitió hablando despacio—. Pero no ha funcionado. Pienso en ti constantemente y te echo de menos. Te amo, Matteo, y seré tu mujer, pero con una condición.

Él se quedó muy quieto.

—Cualquier cosa —dijo—. Lo que sea.

Keira estuvo a punto de pedirle que no volviera a hacerle daño nunca conscientemente, pero se dio cuenta de que aquello formaba parte del paquete. Que el dolor era el precio que había que pagar por el amor y solo había que pedir que no asomara su amarga cabeza muchas veces a lo largo de la vida. También sabía que si querían ir hacia delante debían dejar atrás la amargura del pasado. Así que en lugar de pedirle lo imposible le rozó el rostro con las yemas de los dedos y los deslizó despacio hasta llegar a sus hermosos labios.

—Que me hagas el amor —dijo a punto de llorar de alegría—, y me convenzas de que esto está sucediendo de verdad.

Matteo habló con voz temblorosa.

—¿Quieres decir ahora mismo?

Keira tragó saliva y asintió.

—En este mismo instante.

Matteo le tomó el rostro entre las manos y la miró durante un largo instante antes de hablar.

—Por la mujer que me lo ha dado todo. Porque sin ti no soy nada. *Ti amo, mia sposa.* Mi preciosa mujer —susurró antes de tomarle los labios con los suyos.

Epílogo

AL OTRO lado de la ventana caían grandes copos de nieve que se unían a la reluciente alfombra que ya había cubierto el amplio jardín. Keira miró hacia fuera y exhaló un suspiro soñador. Era poco habitual que nevara en aquella parte de Umbría y nunca había visto nada tan mágico y tan hermoso. Sonrió. Bueno, con la excepción de otro momento del pasado...

Estaba agachada al lado del árbol de Navidad, donde acababa de colocar unos regalos, y alzó la mirada al ver a Matteo entrar en la habitación. Los copos de nieve se le mezclaban con el oscuro cabello. Había estado fuera dándole los últimos toques a un muñeco de nieve que sería lo primero que Santino viera al mirar por la ventana a la mañana siguiente. Las primeras Navidades de verdad de su hijo, pensó Keira, porque el año anterior era demasiado pequeño para darse cuenta de lo que estaba pasando, y ella...

Bueno, lo cierto era que Keira apenas recordaba las Navidades pasadas. Matteo y ella estuvieron demasiado ocupados descubriéndose el uno al otro de nuevo... y averiguando que las cosas eran distintas a como eran antes. No podía ser de otra manera una vez que rompieron las ataduras del pasado y se entregaron a la libertad de decir exactamente lo que les pasaba por la cabeza. O por el corazón.

Matteo le había dado a escoger entre vivir en Londres, Roma o Umbría, y Keira optó por la enorme finca de Umbría que había pertenecido a la familia de su madre. Pensó que sería más saludable para Santino crecer en la maravillosa campiña italiana, sobre todo ahora que tenían un precioso gato llamado Luca que, contra todo pronóstico, se había convertido en un gran compañero para Charlie.

Pero había más cosas. La hacienda era el vínculo de Matteo con sus raíces. Representaba la continuidad y la estabilidad, algo que hasta el momento les había faltado a ambos en su vida. Algún día su hijo escucharía la llamada de sus antepasados y decidiría si quería ser un hombre de negocios como su padre. Tal vez quisiera dedicarse al cultivo de los fértiles acres de aquel hermoso lugar. Un lugar que la familia había estado a punto de perder.

Porque Keira descubrió que la primera carta que Matteo le envió durante su separación contenía los detalles de la puesta a la venta de la propiedad. Matteo se la había dado a una inmobiliaria para que la vendiera y así demostrar que no significaba nada para él si no tenía a Keira. Enseguida la retiraron de la venta y decidieron convertirla en su hogar permanente.

–¿Por qué sonríes? –le preguntó Matteo con dulzura acercándose al árbol de Navidad y ayudándola a ponerse de pie.

La expresión alegre de Keira no cambió.

–¿Necesito un motivo? –suspiró–. Soy muy feliz, Matteo. Más de lo que nunca creí posible.

–Bueno, qué coincidencia. Porque yo me siento exactamente igual –dijo él dándole un masaje en la espalda, algo que siempre conseguía excitarla–. ¿Te he dicho últimamente que te amo, señora Valenti?

Ella frunció el ceño.

–Creo que lo has mencionado antes de salir a hacer

el muñeco de nieve para Santino. Y para que lo sepas, yo también te amo. Mucho.

Matteo inclinó la cabeza y la besó profunda y apasionadamente. Keira le acarició después la barbilla.

–¿Has hablado con tu padre? –le preguntó.

–Sí. Le apetece mucho la comida de Navidad de mañana. Dice que estará aquí sobre las once y que va a traer a su nueva novia –a Matteo le brillaron los ojos al mirarla–. Y que nos preparemos para una diferencia de edad significativa.

Keira se rio y apoyó la cabeza en el hombro de Matteo. Massimo se había divorciado de Luciana en primavera, y aunque Keira trató de sentirse triste al respecto, sencillamente no pudo. La mujer no solo era una lianta, sino que también se supo que le había sido infiel a su marido. Y poco después de la sentencia firme de divorcio, una noche en la que Matteo estaba fuera trabajando, Keira y su suegro cenaron juntos en Roma. Massimo le dijo que no era el deseo de manipular lo que le había llevado a amenazar a Matteo con desheredarle si no le daba un heredero, sino la preocupación de que se convirtiera en un hombre emocionalmente distante y terminara siendo un viejo rico y solo.

–Y entonces apareciste tú, le salvaste y le hiciste feliz. Feliz de verdad. Y no tengo palabras para agradecértelo lo suficiente, Keira –le había dicho entonces con la voz algo quebrada por la emoción–. Sé que no he sido un buen padre para él cuando era niño.

Massimo guardó silencio durante unos instantes y su mirada se volvió reflexiva.

–Echaba mucho de menos a su madre y... bueno, se parecía mucho a ella. A veces me resultaba doloroso estar cerca de él.

–¿Le has contado eso a Matteo? –le preguntó Keira

tomándole de la mano sobre la mesa–. Porque creo
que deberías.

Y lo hizo. Keira cerró los ojos al recordar aquella
conversación de corazón a corazón largamente poster-
gada entre padre e hijo, y la creciente relación de
proximidad que había surgido entre ellos a partir de
entonces.

Su mente regresó al presente y Matteo empezó a
acariciarle el trasero, murmurando que le gustaba que
ahora casi siempre llevara vestidos. A Keira le gustaba vestirse así, aunque todavía podía vestirse de
modo masculino cuando era necesario. Y sospechaba
que iba a tener que hacerlo en muchas ocasiones si
Santino jugaba tanto al fútbol como Matteo pretendía
que lo hiciera.

–¿Te gustaría que te diera esta noche parte de tu
regalo de Navidad? –le preguntó Keira acurrucándose
entre sus brazos.

Matteo la apartó para mirarla y alzó las cejas.

–¿Se trata de una oferta que no debería rechazar?

–Vamos a ponerlo de esta manera: Lo llevo debajo
de este vestido y necesito que me ayudes a quitarle el
envoltorio. ¡Matteo! –se rio al ver que la guiaba hacia
el dormitorio–. No quería decir ahora mismo, sino
más tarde.

–Mala suerte –murmuró él sin disminuir el paso–.
Porque yo tengo algo para ti que no puede esperar.

En realidad, no era del todo cierto... tenía dos cosas para ella. La primera estaba en el garaje envuelta
en un lazo rojo gigante que había que abrir la mañana de
Navidad. Un Ferrari deportivo de 1948 poco cuidado
que le había costado mucho trabajo y dinero conseguir. Keira le dijo en una ocasión que su sueño era
restaurar coches antiguos... y Matteo quería hacer
realidad los deseos de su esposa.

El segundo regalo era muy distinto y no se lo dio hasta que hubo lidiado con su escandaloso tanga a juego con el corpiño, y que Matteo destrozó en su afán por desabrochárselo. Y cuando la tuvo desnuda se distrajo un buen rato...

Se le formó un nudo en la garganta de inesperada emoción cuando sacó una cajita de los pantalones que se había quitado y la abrió. Dentro había un inmaculado solitario blanco que brillaba como una estrella gigante contra el terciopelo oscuro.

—¿Qué es esto? —preguntó Keira sin aliento desde el interior de las sábanas revueltas.

Matteo le levantó la mano izquierda y le deslizó el anillo en el dedo anular.

—Nunca te regalé un anillo de compromiso. Ni tampoco tuviste la boda de tus sueños. Una ceremonia civil en un ayuntamiento no es algo que vayamos a disfrutar contándoles a nuestros nietos —se llevó la mano de Keira a los labios y le besó las yemas de los dedos—. Así que me preguntaba si te gustaría renovar nuestros votos en mi iglesia favorita de Roma. Podrías llevar un largo vestido blanco y hacerlo bien esta vez, y después podríamos hacer una fiesta. O no, lo que tú prefieras. Lo que te estoy preguntando es: ¿quieres volver a casarte conmigo, Keira?

Ella abrió la boca para decir que no le importaba la pompa ni las ceremonias, pero no era del todo cierto. Y Matteo y ella estaban practicando en aquellos tiempos el decir la verdad.

Pensó también en otra cosa, algo que llevaba tiempo rondándole por la cabeza. Porque las bodas podían unir a la gente y sanar viejas heridas. La maternidad la había cambiado. Suavizado. Ahora se daba cuenta de que su tía tal vez habría sido muy estricta cuando ella era pequeña, pero le había dado a una niña huérfana el hogar que tan desesperadamente necesitaba. Y por eso le debía mucho a su tía Ida. Había llegado el momento de invitarlas a Shelley y a ella a Italia para que compartieran con ella su buena fortuna y su felicidad y para que Santino conociera sus otras raíces.

Rodeó el cuello de Matteo con sus brazos y miró sus preciosos ojos negros. El corazón le dio un vuelco de emoción.

–Sí, Matteo –le dijo sin aliento–. Estaré orgullosa de casarme contigo. De estar delante de nuestras familias y amigos y decir lo mismo que nunca me cansaré de repetir: que te amo... y que te amaré durante el resto de mi vida.

Bianca

Él podía darle todo lo que siempre había deseado…

EL PRECIO DE UN DESEO

Miranda Lee

Scarlet King era una novia radiante, pero la vida iba a darle un duro golpe... Poco menos de un año después, estaba sola, y deseaba tener un bebé desesperadamente, aunque tampoco necesitaba tener a un hombre a su lado para ello.

John Mitchell, el soltero de oro del vecindario, aprovecharía la oportunidad para llevarse a la mujer que siempre había deseado. Pero su proposición tenía un precio muy alto… Para conseguir ese bebé, tendría que hacerlo a su manera, a la vieja usanza. John le recordó todos esos placeres que se había perdido durante tanto tiempo. Le enseñó un mundo hasta entonces desconocido para ella.

Acepte 2 de nuestras mejores novelas de amor GRATIS

¡Y reciba un regalo sorpresa!

Oferta especial de tiempo limitado

Rellene el cupón y envíelo a

Harlequin Reader Service®
3010 Walden Ave.
P.O. Box 1867
Buffalo, N.Y. 14240-1867

¡Sí! Por favor, envíenme 2 novelas de amor de Harlequin (1 Bianca® y 1 Deseo®) gratis, más el regalo sorpresa. Luego remítanme 4 novelas nuevas todos los meses, las cuales recibiré mucho antes de que aparezcan en librerías, y factúrenme al bajo precio de $3,24 cada una, más $0,25 por envío e impuesto de ventas, si corresponde*. Este es el precio total, y es un ahorro de casi el 20% sobre el precio de portada. ¡Una oferta excelente! Entiendo que el hecho de aceptar estos libros y el regalo no me obliga en forma alguna a la compra de libros adicionales. Y también que puedo devolver cualquier envío y cancelar en cualquier momento. Aún si decido no comprar ningún otro libro de Harlequin, los 2 libros gratis y el regalo sorpresa son míos para siempre.

416 LBN DU7N

Nombre y apellido	(Por favor, letra de molde)
Dirección	Apartamento No.
Ciudad	Estado Zona postal

Esta oferta se limita a un pedido por hogar y no está disponible para los subscriptores actuales de Deseo® y Bianca®.
*Los términos y precios quedan sujetos a cambios sin aviso previo.
Impuestos de ventas aplican en N.Y.

SPN-03   ©2003 Harlequin Enterprises Limited

DESEO

¿Conseguiría entrar en el corazón de aquel solitario millonario?

Una prueba de amor

CHARLENE SANDS

Mia D'Angelo quería averiguar si el padre del bebé de su difunta hermana podría ser un buen padre. Cuando localizó a Adam Chase, todos sus planes se vinieron abajo y empezaron a salir juntos.

El multimillonario no tardó mucho en darse cuenta de que Mia guardaba un secreto sobre la hija que él no sabía que tenía. ¿Podía ese hombre retraído llegar a confiar en Mia después de que lo hubiese engañado? ¿Y en sí mismo cuando estaba con esa mujer increíblemente sexy?

Bianca

Su matrimonio se había terminado seis meses antes. ¡Y tenía doce horas para hacerla volver!

MATRIMONIO A LA FUERZA

Pippa Roscoe

Odir Farouk estaba a punto de convertirse en rey, pero para acceder al trono necesitaba tener a su rebelde esposa a su lado. Odir no quería admitir el deseo que sentía por ella, se negaba a poner en riesgo su poder por culpa de la pasión. Eloise, rechazada, se había marchado, pero Odir necesitaba que volviese con él antes de que se hiciese pública la noticia de su sucesión, y el placer iba a ser su arma más poderosa para convencerla.

MAR 3 0 2019